ROYAL SHARK - VERSION FRANÇAISE

KYLIE GILMORE

Traduction par
LAURE VALENTIN

Ceci est une œuvre de fiction. Les noms, les personnages, les lieux, les marques, les médias et les anecdotes sont le produit de l'imagination de l'auteur ou sont employés de manière fictive. L'auteur reconnaît le statut de marque déposée et la propriété des produits de marque référencés dans cette œuvre de fiction et utilisés sans permission. La publication ou l'emploi de ces marques ne sont pas autorisés, associés ni commandités par les propriétaires des marques déposées. Toute ressemblance avec des événements, des lieux ou des personnes réelles, existant ou ayant existé, serait une pure coïncidence.

1

Le Pacte
Treize ans plus tôt…

Adrian

— Je parie que tu es trop dégonflée pour faire la course jusqu'au gros rocher !

Le gros rocher est bien plus loin que la distance que nous parcourons habituellement à la nage. J'ôte mon tee-shirt et le jette sur le sable. Je la tiens. Sara Travers ne résiste jamais à un pari.

Elle est debout dans son maillot de bain bleu, ses mains plaquées sur les hanches faisant remonter le bas de son débardeur.

— Dans tes rêves, Adrian !

Je fixe son ventre lisse et bronzé, et j'éprouve cette *sensation*. Je n'ai pas arrêté de l'éprouver de tout l'été, chaque fois que son débardeur se soulève. C'est étrange, parce que c'est le même ventre, et la même incurvation au bas de son dos que j'ai vus l'été dernier, et tous les étés précédents. Ça doit vouloir dire que je suis prêt à avoir une petite amie, comme mes grands frères. J'ai douze ans, je suis quasiment un adolescent, et étant le plus jeune, j'ai toujours fait de gros efforts pour être à la hauteur de mes grands frères. Oscar m'a dit que c'était facile d'avoir une petite amie. Dès qu'elles apprennent que vous êtes un prince, elles se jettent pratiquement à vos pieds.

Elle s'avance vers moi, ses longs cheveux blonds se balançant dans une queue de cheval et ses yeux verts étincelants.

— Je parie que je gagnerai la course, crétin !

Mais je la connais peut-être depuis trop longtemps pour que le truc du prince ait le moindre effet.

Moi, Sara et ma sœur jumelle, Silvia, passons tous nos étés ensemble depuis que nous avons huit ans. Le père de Sara vient de France et se rendait souvent à Villroy quand il était enfant. C'est pour ça qu'ils ont loué un cottage ici. Sa mère est américaine, ils vivent donc à New York.

Je lui adresse un sourire narquois.

— Voilà le pari. Quand je gagnerai, tu devras me donner tes cookies pendant tout le restant de la semaine.

Sa mère fait des cookies aux pépites de chocolat et les place dans le panier de casse-croûte de Sara les jours où ils vont à la plage. Nous n'en avons jamais, au palais. Sara ne partage généralement qu'un tout petit morceau.

Elle plisse le nez, les légères taches de rousseur le parsemant attirant mon regard. Il y a sept taches de rousseur, mon chiffre porte-bonheur.

— Quand je gagnerai, je veux être preum's sur le siège avant pour le restant de la semaine.

Généralement, c'est moi qui monte à l'avant de la voiture, parce que je suis le plus grand, avec mon mètre soixante-dix. Silvia, Sara et la petite sœur de Sara, Chloé, montent sur le siège arrière. Notre chauffeur/garde les récupère et les dépose chez elles. Il y a une deuxième voiture, avec un autre garde et la domestique de Silvia, Marie, qui n'est *pas* notre baby-sitter. Marie garde un œil sur Chloé, qui est une petite terreur de cinq ans.

— Ya ! s'écrie Chloé à pleins poumons, avant de piétiner le château de sable que Silvia a passé une heure à l'aider à construire.

— Chloé ! s'exclame Silvia, soulevant la petite fille pour l'écarter.

— Je suis Godzilla ! hurle Chloé en donnant des coups de pied dans tous les sens.

L'élastique de sa queue de cheval doit avoir glissé, parce que tout ce que je vois, c'est un brouillard déchaîné de cheveux blonds.

Sara secoue la tête.

— Je t'avais dit qu'elle allait le détruire.

Silvia repose Chloé, qui retourne aussitôt détruire le château de sable avec des coups de pied féroces et des prises de karaté. Silvia pousse un soupir.

— Je l'avais rendu super spécifique, avec des douves et tout.

— Tu veux faire la course avec Adrian et moi ? demande Sara. Le gagnant peut monter sur le siège avant.

— Je vais lire, répond Silvia, avant d'aller s'asseoir sous la cabine en toile blanche. Ses cheveux brun foncé et lisses retombent sur ses épaules plutôt que d'être noués dans le chignon soigné sur lequel notre mère insiste. Ces derniers temps, Silvia fait des « choix de mode personnels », lorsqu'elle est loin du palais. Je ne le dirai jamais à personne. Nous sommes plus proches que des meilleurs amis, entre jumeaux.

Nous sommes sur la plage de la rive nord, qui est géniale grâce à tous les poissons. Tout le monde pourrait venir ici, vu que c'est une plage publique, mais les gens préfèrent généralement aller sur les plages du côté sud, plus proches du port, par où arrive le ferry public.

— Viens, dis-je à Sara, avant de me diriger vers la mer.

— Tu ne trouves pas que Silvia lit trop ? murmure Sara dès que nous sommes assez loin. Je ne lis que quand il pleut et à l'école, quand on m'y oblige.

Je hausse une épaule. Ma jumelle a toujours été une grande lectrice. J'aime beaucoup plus les maths ; les nombres ont toujours un sens.

Nous pataugeons jusqu'aux genoux, les vagues nous éclaboussant. Sara se tourne vers moi, une étincelle dans les yeux.

— À trois.

Je hoche la tête.

Elle plisse les yeux et regarde notre objectif, le gros rocher noir.

— Un.

Je m'accroupis, prêt à plonger sous les vagues.

— Deux.

Splash ! Elle est partie à deux !

Je plonge après elle, nageant furieusement pour la rattraper. J'aurais dû savoir qu'elle allait tricher. Elle veut gagner tout autant que moi.

Je la dépasse facilement. Mes bras et mes jambes sont plus longs, et mes épaules sont plus larges et plus fortes, maintenant que j'ai eu une poussée de croissance. Je ralentis, gardant le rythme avec elle pour qu'elle ait l'impression d'avoir une chance. J'accélérerai à la dernière minute. Les filles détestent lorsque vous gagnez trop largement. Ma jumelle me l'a appris.

Je nage, sans la perdre de vue. J'attends… j'attends… maintenant ! Je fonce en avant et revendique la victoire. J'attends qu'elle lève la tête et réalise qu'elle a perdu avant de lever une main en l'air.

— J'ai gagné, espèce de petite tricheuse !

Elle fait du sur place dans l'eau.

— Tes bras sont plus longs. Ce n'était pas une course équitable, à moins que j'aie une longueur d'avance.

— Hum, je suis impatient de manger tous ces cookies. Ne t'inquiète pas, je t'en donnerai un morceau.

— Ne fais pas le malin. Je pourrais en manger autant que je veux chez moi.

Je n'avais pas pensé à ça. Ce n'est pas une aussi grande victoire que je l'espérais.

— Quelle importance ? J'ai quand même gagné.

Nous flottons en silence sur le dos pendant quelques instants. Elle n'est pas comme sa petite sœur, toujours en train de bavarder. Heureusement.

Au bout d'un moment, elle se redresse, nageant sur place. Je nage sur place aussi. Je suis sur le point de lui demander si elle veut jouer quitte ou double sur la course du retour vers la rive quand elle dit :

— Je crois que mes parents vont divorcer.

Je suis stupéfait. Quand ses parents se joignent à nous sur la plage, ils ont toujours l'air heureux, échangeant des plaisanteries et se tenant la main.

— Pourquoi est-ce que tu penses ça ?

— Ils se disputent beaucoup, en ce moment.

— À propos de quoi ?

Elle pince les lèvres.

— Mon père veut démissionner de son travail pour ouvrir sa propre entreprise. Ma mère dit que ce n'est pas le bon moment.

— Ce n'est pas si grave. Je suis sûr qu'ils trouveront une solution. Ils se tiennent toujours la main, n'est-ce pas ?

— Pas vraiment.

— Oh.

Je ne sais pas quoi dire. J'espère qu'elle se trompe.

— Je suis sûr que tout ira bien.

— Tu n'en sais rien.

Je change de tactiques.

— Je *parie* que tout ira bien. D'ici l'été prochain, tout sera revenu à la normale. Je te donnerai mes cartes dragons si je perds le pari, mais ça n'arrivera pas.

C'est ma meilleure série de cartes à jouer, avec des illustrations détaillées de dragons au dos, et je sais que c'est sa préférée.

Elle essaie de sourire, mais n'y arrive pas vraiment.

— Tu veux faire la course pour le retour ? Quitte ou double.

Je souris.

— Je te donnerai même une longueur d'avance de trois secondes.

Ses yeux verts s'illuminent.

— Partez !

Je la regarde nager, comptant très lentement.

— Ah !

Elle pivote brusquement à la verticale, avant de couler sous l'eau comme une pierre.

Je nage vers elle, et elle réapparaît.

— Ma cheville ! Ça fait si mal.

Elle commence à nouveau à couler.

Je lui prends le bras pour la maintenir au-dessus de la surface.

— Flotte sur le dos. Qu'est-ce qu'il s'est passé ?

— Je crois que je me suis coupée sur une pierre.

Elle soulève la cheville au-dessus de l'eau et du sang s'écoule d'une entaille. Ça a l'air vraiment grave.

— Oh, mon Dieu ! Je vais me vider de mon sang, entourée de requins qui vont manger ma jambe, et ensuite je vais me noyer !

Je songe déjà à comment la ramener sur la rive avant qu'elle n'ait perdu trop de sang.

— Les requins ne te mangeront pas. Nous n'avons pas de requins, ici.

— Si, vous en avez ! Les requins peuvent aller partout !

— Nage sur le dos et essaie de ne pas trop battre de cette jambe. Je vais nager avec toi.

— J'ai peur, dit-elle d'une petite voix.

— Je vais te tirer.

Je passe un bras autour de sa taille, prêt à la ramener sur la rive.

— Non, je peux le faire. Contente-toi de continuer de me parler, d'accord ? Pour me distraire.

Et c'est ce que je fais. J'avance en nage libre, la tête au-dessus de l'eau lui racontant à quel point j'ai envie de quitter l'île pour l'école, l'année prochaine, pour avoir de meilleurs professeurs de maths, je lui dis que je veux aller à Cambridge, qui est la meilleure école pour les maths, et que je vais tout apprendre des statistiques, pour toujours connaître les meilleures probabilités et battre tout le monde au poker. Mon père nous a appris, à mes frères et moi, à jouer au poker dès nos sept ans, parce qu'il pensait que c'était une bonne manière d'acquérir à la fois des talents relationnels et avec les chiffres. Je pense qu'il voulait juste jouer à un jeu qui pourrait tous nous amuser. C'était un truc père-fils, mais je l'avais appris à ma jumelle et à Sara, pour qu'elles puissent jouer avec moi.

— Tu devras m'apprendre tous tes meilleurs tours au poker, dit-elle faiblement.

La panique m'envahit. Elle n'a jamais l'air faible. J'ai peur qu'elle ait perdu trop de sang.

— On y est presque.

Finalement, nous atteignons un point où j'ai pied. Je la soulève et la porte jusqu'à la plage.

— À l'aide ! m'écrié-je.

Mon garde, Thomas, arrive en courant et me la prend des bras. Elle me regarde par-dessus son épaule, me suppliant des yeux de rester avec elle. Je jette un œil à sa cheville, qui saigne encore, et cours chercher mon tee-shirt sur le sable. Je le secoue, le retourne, puis le noue autour de sa cheville pour endiguer le flot de sang. Elle émet un son étranglé à ce contact. Du sang commence à imbiber le tee-shirt.

— Oh ! s'exclame Marie, notre domestique, alors que tout le monde se rassemble autour de Sara. Il va falloir des points de suture.

— Des points de suture ? s'exclame Sara. Nooon ! S'il vous plaît, pas de points de suture !

Thomas se précipite en avant, la portant toujours dans ses bras et se dirigeant vers la voiture.

— Je vais aller chercher sa mère, dit Marie. Venez, tout le monde, nous allons aller chercher la mère de Sara, et nous les retrouverons à la clinique.

— Adrian ! s'écrie Sara.

Je cours vers elle.

— Tout va bien. Ce n'est pas si grave.

Ses yeux sont si arrondis que je n'en vois plus le blanc.

— Je ne veux pas qu'on enfonce une aiguille dans ma cheville ! Elle est déjà déchirée !

— Il le faut. Tout ira bien.

— Ne me laisse pas, murmure-t-elle.

— Jamais.

Je grimpe sur le siège arrière avec elle sur le trajet vers la clinique. Thomas et Marie ont une brève discussion pour savoir si Marie devrait monter à l'arrière avec nous ou pas pour exercer une pression sur la cheville de Sara, mais celle-ci dit qu'elle va le faire. Elle refuse que quiconque touche à sa blessure. Quelques instants plus tard, nous nous dirigeons vers la clinique, juste moi et Sara sur le siège arrière, et Thomas au volant. Les autres nous suivent dans la deuxième voiture. Sara a l'air très pâle.

Je fais de mon mieux pour la rassurer.

— Oscar a eu des points de suture sur le bras, et c'était cool. Ça ressemblait à Frankenstein.

— Je ne veux pas ressembler à Frankenstein ! gémit-elle.

Je grimace.

— Pas Frankenstein. Juste cool. Et ça n'a même pas fait mal. Ils ont d'abord endormi son bras.

— Vraiment ?

— Oui.

— Genre avec une crème spéciale qui endort ?

Je réfléchis à la meilleure réponse. Oscar a dit que c'était une énorme aiguille. Finalement, je réponds :

— Ils ne peuvent pas mettre de la crème sur une blessure ouverte. C'est juste une rapide injection de médicament.

Elle me prend le bras et serre fort.

Je regarde droit devant moi. Je n'ai jamais tenu la main d'une fille, jusqu'ici. Ça fait un peu mal.

— Continue de parler, dit-elle.

— De quoi ?

— Je m'en fiche. J'aime juste entendre le son de ta voix.

J'ai une voix plus grave, maintenant. Je la baisse pour la rendre encore plus grave.

— Tu te souviens quand Chloé avait deux ans et qu'elle n'arrêtait pas d'enlever sa couche de bain pour sauter dans les vagues ?

Elle rit un peu.

— Oui. Mes parents en avaient tellement marre d'essayer de la maintenir propre et en sécurité.

— Et elle a fini par avoir un coup de soleil sur les fesses, pouffé-je. Ça aurait dû lui servir de leçon, mais elle refusait de s'arrêter.

Je lève les yeux et vois que Sara a l'air plus détendue, alors je continue mes histoires à propos de Chloé. Il y en a des tas, et c'est assez drôle d'y repenser. À l'époque, nous trois, les enfants plus âgés, nous trouvions que Chloé était casse-pied et qu'elle nous détournait des vrais projets de la journée.

Peu de temps plus tard, nous arrivons à la clinique et Sara est emportée vivement à l'intérieur, où sa mère l'attend. Je ne suis pas autorisé à entrer dans la salle du fond avec elle, alors je suis Thomas jusqu'à la voiture, espérant qu'elle ira bien.

C'est le dernier jour avant que Sara ne quitte Villroy. Nous avons passé ces trois dernières semaines à jouer au poker, soit dans la cabane sur la plage ou, les jours de mauvais temps, au palais, dans le salon, qui est ma pièce préférée parce que c'est la plus détendue, avec un canapé en cuir. Sara aurait pu retourner nager quand on lui a retiré ses points de suture, mais elle ne voulait pas aller dans l'eau. Je pense qu'elle en a peur, maintenant. Tout ce qu'elle veut faire, c'est jouer au poker. Nous parions avec des billets de Monopoly, mais les enjeux semblent réels. Nous sommes tous les deux des compétiteurs, et nous adorons tous les deux gagner. Parfois, Silvia joue avec nous, ou l'un de mes frères, mais la plupart du temps, il n'y a que moi et Sara. Nous jouons avec mes cartes dragons, et je compte les lui donner en cadeau à emmener avec elle. Elle les a toujours admirées, et il n'en existe pas des comme ça, là d'où elle vient. J'attends juste le bon moment.

Silvia passe la tête dans la cabane.

— Chloé veut encore faire du vélo. Vous voulez venir ?

— On est en plein milieu d'une partie, répond Sara tout en étudiant ses cartes.

— Tu es censée être *ma* meilleure amie, répond sèchement Silvia.

Je lève les yeux, et Silvia me fusille du regard.

— Sil, elle est notre amie à tous les deux. Qu'est-ce qui te prend ? Elle ne veut pas aller faire du vélo.

— Sara, dit Silvia entre ses dents, est-ce que je peux te parler dehors ?

Sara se lève, serrant ses cartes contre son corps pour que je ne puisse pas les voir, et rejoint Silvia à l'extérieur de la cabane. Je peux toujours les entendre. La cabane est en toile, il n'y a pas de vrais murs.

— Je croyais que tu étais ma meilleure amie, dit Silvia.

— Je suis ta meilleure amie, répond Sara. Mais je n'ai pas envie de faire du vélo. Ma cheville n'est pas encore guérie.

— Ta cheville va très bien, réplique sèchement Silvia. Tu as fait du vélo, tout à l'heure. Pourquoi ne pas juste admettre que tu aimes bien Adrian ?

Intéressant. C'est bien ce que je soupçonnais. Depuis que j'ai aidé Sara quand elle s'est blessée à la cheville, elle me regarde comme si j'étais son héros. Je l'ai vraiment sauvée, d'une certaine manière, en l'aidant à garder son sang-froid et à sortir de l'eau. Elle est peut-être prête à avoir un petit ami. Je suis complètement prêt à avoir une petite amie. Le seul problème, c'est que je ne la verrai pas pendant toute une année, après ça.

— C'est faux, proteste Sara d'une voix forte.

— Si, c'est vrai. Tu as déjà entendu l'expression « les copines avant les copains » ?

— Non.

— Ça veut dire que tu ne dois pas laisser tomber tes amies parce que tu apprécies un garçon.

— Je ne *l'apprécie* pas !

— Dans ce cas pourquoi est-ce que tu passes tout ton temps avec lui ?

— Nous t'invitons toujours à jouer avec nous.

Silvia émet un reniflement dédaigneux.

— Je n'aime pas le poker. C'est ennuyeux.

— Non, ça ne l'est pas. Tu peux gagner gros. C'est si drôle !

— De gagner du faux argent ? Oui, super.

Silence. Un très long silence. Juste au moment où je pense qu'elles sont parties, ma sœur reprend la parole.

— Très bien, dit Silvia. Profite bien de ton stupide jeu avec ton petit ami.

— C'est ce que je vais faire ! lance Sara. Et ce n'est pas mon petit ami !

Elle apparaît dans la cabane, les joues rosies, et se rassoit.

— Je ne sais pas quel est son problème.

— C'est un truc de jumeaux. Elle veut que les filles passent plus de temps avec elle qu'avec son jumeau, mais parfois, le jumeau est juste un héros.

Je lui adresse un large sourire, et elle rit.

Nous reprenons la partie. Tout devient silencieux autour de nous une fois que tout le monde est parti en balade à vélo.

Nous jouons plusieurs manches, jusqu'à ce que Sara remporte la mise. Elle est si heureuse qu'elle s'arrête pour compter tous ses faux billets, avant de les serrer contre elle, un grand sourire rayonnant sur le visage.

Je me surprends à lui rendre son sourire, même si j'ai perdu. J'aime vraiment la voir heureuse.

Nos yeux se rivent l'un à l'autre pendant un long moment, puis je reporte mon attention sur les cartes. Je suis sûr qu'elle *m'apprécie*. Je rassemble les cartes en une pile nette et me racle la gorge.

— Tiens, dis-je en les lui offrant. Un cadeau pour tes derniers jours ici.

Elle pose le faux argent, fixe les cartes, puis moi.

— C'est si gentil, mais je ne peux pas prendre tes cartes. Elles sont spéciales. Tu as dit que tu les avais eues pour Noël.

— C'est pour ça que je veux que tu les aies. Tu sais qu'elles sont spéciales, et tu en prendras bien soin.

Je les pousse dans sa main, et ses doigts se referment autour d'elles.

— Merci, dit-elle, prenant une profonde inspiration. Tu *es* mon héros, Adrian. Quand je me suis entaillé la cheville, j'aurais pu me faire manger par des requins, paniquer jusqu'à me noyer, ou bien me vider de mon sang sur la plage, mais tu m'as *sauvée*. Tu m'as aidée à tenir le coup alors que j'étais complètement flippée, alors merci un milliard de fois.

Mon torse se gonfle de fierté. J'adore être un héros. Étant le plus jeune de la famille, je n'ai jamais eu l'occasion d'en être un.

— De rien.

Elle me regarde de sous ses cils, et mon cœur se met à battre plus fort.

— J'ai envie de t'épouser, quand je serai grande.

J'écarquille les yeux. M'épouser ? Je pensais qu'elle pourrait devenir ma petite amie pour un jour, avant de partir. *M'épouser ?*

Elle se penche en avant.

— Si on se marie, on pourra jouer au poker toute la nuit, toutes les nuits.

Ça suffit à me convaincre. Du poker tout le temps ? Vous pouvez compter sur moi. Elle est un adversaire idéal, aussi passionnée par le jeu que moi.

— Marché conclu, dis-je.

— Super ! Faisons un pacte.

— Un pacte.

Cela semble plus sérieux qu'une promesse.

— Comment sceller le marché ? Par un serment de sang ?

Elle frémit.

— Non.

Elle pose les cartes dragons sur le sable lisse servant de zone de jeu entre nous, et les étale.

— Quand nous aurons vingt-cinq ans, nous nous marierons. Ça nous donnera le temps d'aller à la fac et de nous trouver un bon travail.

C'est dans treize ans, le double de notre âge.

— Ça semble dans si longtemps. Tu es sûre que tu ne m'oublieras pas ?

Je dis ça pour plaisanter. Nous nous connaissons depuis bien trop longtemps pour nous oublier.

Elle hoche une fois la tête, prenant ma question au sérieux.

— C'est pour ça qu'on va chacun prendre une paire, de deux et de cinq, pour nous rappeler l'âge requis. Des cœurs et des carreaux, bien sûr, parce qu'ils sont en forme de diamant. Comme ça, quand on se réunira, on aura un ensemble assorti de deux et de cinq – deux cœurs, deux diamants, exactement comme pour un mariage.

— Les garçons ne portent pas de diamants. Je t'achèterai une bague avec deux diamants.

— OK, dit-elle doucement.

Elle prend un deux de cœur et un deux de carreaux pour elle-même, et me donne un cinq de cœur et un cinq de carreaux.

— Tu as droit à la carte la plus élevée, vu que tu es plus âgé.

Mon anniversaire est cinq mois avant le sien. Elle lève ses cartes.

— Maintenant, nous avons tous les deux une paire, mais ensemble, ça débloquera la combinaison magique de vingt-cinq.

Elle est si intelligente. Ses yeux verts étincellent. Elle a exactement le même nombre de taches de rousseur sur le nez que mon chiffre porte-bonheur.

— Deux plus cinq, ça fait sept, lui fais-je remarquer. C'est mon chiffre porte-bonheur. Tu portes peut-être chance, vu que tu as sept taches de rousseur sur le nez.

Elle se couvre le nez d'une main.

— Je déteste mes taches de rousseur.

— Pas moi.

J'écarte sa main de son visage. Elle est si jolie. Je me surprends à me pencher vers elle, et je sais soudain ce dont j'ai vraiment envie.

— Je parie que tu es trop dégonflée pour m'embrasser.

Elle entrouvre les lèvres, surprise, avant de se reprendre rapidement.

— Je parie que *tu* es trop dégonflé pour m'embrasser.

— Non.

Elle se lèche les lèvres.

— Prouve-le.

— Tu dois te rapprocher.

Elle écarte les cartes du passage et s'agenouille sur notre

zone de jeu. Je m'agenouille aussi, la paire de cartes me glissant des mains dans mon impatience. Mon cœur bat à toute vitesse.

— On ne m'a jamais embrassée, murmure-t-elle.

Moi non plus, mais je suis son héros et je dois le rester.

— Ne t'en fais pas, je sais ce que je fais.

J'ai espionné mon grand frère, Gabriel. Le truc, c'est qu'il faut tenir le visage de la fille pour ne pas rater ses lèvres.

— Ferme les yeux.

C'est l'autre détail important.

Elle est si près de moi que je peux sentir sa réponse murmurée réchauffer mes lèvres.

— Pourquoi ?

— C'est comme ça que ça marche.

Elle me regarde dans les yeux, et le sang afflue dans mes veines.

— Je veux te voir.

Je lui tiens le visage des deux mains, surpris de voir à quel point sa peau est douce. Nos yeux se croisent de très près. Je ne peux pas cligner des yeux, le vert de ses yeux m'hypnotise. Et puis, finalement, je réduis la distance et presse mes lèvres sur les siennes, stupéfait par la décharge qui me parcourt à ce contact.

Je laisse tomber mes mains et recule. J'ai envie de savoir si elle a aimé ça autant que moi, mais je n'arrive pas à poser la question. Au lieu de ça, j'étudie son expression. Elle a l'air plongée dans ses pensées. Ses joues sont légèrement roses. Je ne saurais dire si elle est embarrassée ou heureuse, comme moi.

Puis elle sourit, et je peux à nouveau respirer.

Elle rassemble les cartes dragons, moins la paire de cinq, et les range dans son sac à dos. Puis elle se lève et passe le sac à dos sur son épaule, une expression sérieuse sur le visage.

— Je vais totalement t'épouser, Adrian Rourke.

Elle s'en va.

Je souris. Je dois être très doué pour embrasser.

Attendez. Où est-elle partie ? Je sors de la cabane. Son sac à dos est posé sur le sable et elle est en train de patauger dans l'eau peu profonde. J'ôte mon tee-shirt et la rejoins, content de voir qu'elle n'a plus peur de l'eau.

Elle m'éclabousse en riant, et je l'éclabousse en retour. Elle plonge sous les vagues, et je la rejoins, nageant jusqu'à des eaux plus calmes.

C'est ma petite amie, ma première petite amie, mon premier baiser. Je me souviendrai éternellement de ce jour, et j'honorerai notre pacte, parce que c'est ce que font les héros.

2

———

Aujourd'hui

Adrian

Pour ouvrir et diriger un casino à succès, il faut trois choses – un cerveau, de l'argent et des relations clients. Je cumule les trois. J'aimerais bien n'être que le cerveau, m'occuper des chiffres et laisser le reste à quelqu'un d'autre. C'est mon point fort. J'ai deux partenaires silencieux qui sont aussi l'argent – ma sœur Emma et son mari, la rock-star Jackson Walker. J'ai investi un tiers des frais de lancement moi-même ; ils ont contribué aux deux autres tiers. Ce sont tous deux des musiciens qui vivent en France, qui viennent se produire ici régulièrement, mais ils ne sont pas intéressés par la gestion quotidienne du casino et me laisse la charge de toutes les prises de décision. Ça semble idéal, je sais, mais un mois après l'ouverture de notre nouveau casino, Villroy Palace Casino, je regrette déjà de n'avoir personne avec qui partager ce lourd poids de mes épaules. Je ne suis pas contre l'idée de travailler dur. Je suis contre le fait de travailler jour et nuit, surtout en ce qui concerne les relations clients et la gestion du personnel. Étant le plus jeune de sept enfants, je suis habitué à la foule. Mais je ne suis pas habitué à ce que celle-ci attende quelque chose de moi.

J'entre dans le lobby du casino à dix heures trente du matin, une demi-heure avant l'ouverture, et souris. J'adore ce qu'est devenu le casino. C'était mon idée d'ouvrir un casino en complément de notre spa de jour, qui a ouvert il y a un an. Je suis un requin aux cartes. Monte-Carlo était ma deuxième maison pour son poker à hauts enjeux, et maintenant, Villroy a sa propre version de Monte-Carlo – un endroit petit, mais luxueux, fait pour attirer les flambeurs.

Le hall d'entrée rappelle le Spa Délices Insulaires, juste en face, comportant un mur décoratif assorti avec une cascade ruisselante, un sol carrelé blanc et des murs blancs. L'air est parfumé à la lavande, comme dans le spa. L'idée était de faire en sorte que les visiteurs du spa préservent leur sensation relaxée en entrant ici. Là où se trouve le bureau de la réception au spa, nous avons placé une sculpture de glace fantaisiste représentant un dragon, posée sur un tapis circulaire rouge foncé avec un motif de branches d'arbre faisant référence à Yggdrasil, l'arbre monde de la mythologie nordique, un clin d'œil à l'héritage viking des Rourke. J'ai toujours aimé les dragons, qui font partie de la mythologie viking. Il y a aussi des boucliers et des épées vikings décoratifs, ainsi que des tapisseries arborant des symboles de bataille pour décorer les murs. Nous sommes les descendants d'une tribu viking rebelle, connue sous le nom des Déchaînés. Les Vikings aimaient prendre des risques, et j'aime donc la subtile incitation à prendre des risques en pariant. Quel est l'intérêt de parier sans l'excitation du risque que cela implique et qui vous fait battre le cœur ? Je n'ai jamais joué pour l'argent. Toujours pour la poussée d'adrénaline.

Les zones de jeu sont visibles derrière des ouvertures en arches de chaque côté de la sculpture en forme de dragon. Le casino en lui-même est décoré dans un style dix-neuvième siècle élégant, similaire au Palais Amalie où la famille royale, moi y compris, vit. Je traverse l'arche et entre dans la salle de jeu principale, au plafond peint pour ressembler au ciel et subtilement rétroéclairé. Les murs sont couverts d'un papier peint soyeux et vert d'eau avec des feuilles d'or, les tables de jeu sont en acajou et entourées de chaises en velours rouge. Le mur du fond est couvert de fenêtres qui offrent une vue spectaculaire sur la mer. Nous ne gardons pas les parieurs dans le noir, ici. Une salle avec des machines à sous est cachée dans un coin sur la gauche, la pièce de change est au milieu, et mon bureau est sur la droite. À l'étage se trouvent les salons privés des gros parieurs, un petit espace pour les artistes qui pourra servir de deuxième espace de jeu privé, et un restaurant de fruits de mer haut de gamme avec un bar. Par beau temps, la terrasse sur le toit sera utilisée pour les spectacles et les paris élevés uniquement.

J'observe l'activité des lieux tout en me dirigeant vers mon bureau. Les croupiers s'installent à leurs tables. Un membre du personnel d'entretien balaie une dernière fois la salle. Les agents de sécurité sont rassemblés en groupe près des fenêtres. Pour l'instant, tout va bien.

— Bonjour, Denis, lancé-je à l'homme d'âge moyen établissant sa table de black-jack, la plus proche de mon bureau.

Il se redresse et incline la tête.

— Bonjour, Votre Altesse.

C'est un autre problème. La plupart des membres du personnel me traitent avec la déférence due à mon statut – Prince Adrian Rourke, à votre service – et cela rend encore plus difficile d'en arriver au cœur des problèmes. Ils ne veulent pas m'ennuyer avec les soucis quotidiens. Par exemple, la machine à sous en panne qui mangeait toujours les jetons, mais ne tournait plus. L'un des croupiers a quitté son poste pour trouver un technicien plutôt que de m'appeler. On ne peut pas quitter une table de jeu pleine de jetons au beau milieu d'une partie !

— Juste Adrian, ça suffira, dis-je avec ce que j'espère être un sourire désarmant. Comment ça se passe, à la table de black-jack ?

— Aucun problème, monsieur.

— Bien. Nous te ferons tourner à une table de poker, la semaine prochaine, juste pour entretenir la nouveauté.

— Comme vous voulez, monsieur.

Je continue en direction de mon bureau. Je suis directeur général, directeur financier, responsable marketing, responsable des ressources humaines, et superviseur. Mon personnel est constitué de croupiers, d'employés de bureaux de change, de techniciens, d'agents d'entretien, de serveurs, de barmen, d'un chef et de ses cuisiniers-assistants, et d'agents de sécurité. Beaucoup d'agents de sécurité. Ce dont j'ai le plus besoin, en ce moment, c'est d'un superviseur pour s'occuper du personnel, vers qui ils se tourneront plus facilement s'ils ont un problème. Un bras droit, quelqu'un de vif, qui sait parier aussi bien que moi, quelqu'un de fiable. Ce n'est pas comme si j'étais snob. C'est le fait d'avoir un prince comme patron qui pose problème. J'ai peut-être été élevé dans la famille royale, mais nous avons tous les pieds sur terre, si vous voulez mon avis. En plus, ma sœur jumelle, Silvia était toujours là pour m'empêcher d'attraper la grosse tête à propos de quoi que ce soit. Rien de mieux qu'une sœur pour vous démolir.

Mon assistant, Jean-Luc, qui travaille dans le petit bureau relié au mien, passa sa tête blonde derrière la porte. Il a vingt ans, est né à Villroy et est issu d'une longue lignée de pêcheurs. Il est enchanté d'avoir obtenu un emploi de bureau. Cela ne dérangeait pas son père, vu qu'il a aussi quitté le métier de pêcheur pour travailler dans la manufacture de cosmétiques que nous avons ouverte à Villroy, pour concevoir de l'huile de poisson, plus profitable. Jean-Luc est un homme organisé et soigné, de ses cheveux parfaitement coiffés, coupés courts et en pointe à sa chemise rose à manches courtes soigneusement repassée et son pantalon beige.

— Bonjour, Adrian.

Je lui ai dit, dès son premier jour de travail, que s'il ne m'appelait pas par mon prénom plutôt que par Votre Altesse, je le virerais. Je l'ai dit avec un sourire pour qu'il ne s'inquiète pas. J'ai besoin que la personne qui travaille avec moi soit parfaitement détendue avec moi.

— Bonjour, Jean-Luc. Quelles sont les nouvelles ?

Il récite la liste :

— Tu dois t'occuper des chèques de paie et les signer, il y a un problème avec un nouvel employé qui, apparemment, a contrefait son visa de travail, le barman du week-end a démissionné et les agents de sécurité pensent avoir trouvé un couple de tricheurs durant la partie de poker d'hier soir.

Je crispe la mâchoire.

— Pourquoi la sécurité n'est-elle pas venue me voir hier soir pour me parler des tricheurs ?

Il tire sur son col et déglutit visiblement, sa pomme d'Adam rebondissant.

— Ils ont eu peur des accusations précipitées, surtout avec les nouveaux clients, alors ils se sont dit qu'ils vous laisseraient étudier la vidéosurveillance ce matin pour donner votre opinion.

Je lève les paumes en l'air.

— Quelle importance, maintenant ? Ils ont probablement déjà quitté l'île. Nous accueillons des touristes temporaires. Il n'y a pas d'hôtels, ici.

Il recule d'un pas, puis d'un autre, se dirigeant vers la porte. Clairement, j'ai besoin de tempérer le ton de ma voix. J'ai beau faire un mètre quatre-vingt, avec une carrure musclée obtenue grâce à des séances d'entraînement au combat rigoureuses avec les gardes du palais, je n'ai pas l'intention d'étrangler mon assistant.

Je prends une profonde inspiration. Je ne veux pas ressembler à un patron hargneux. En temps normal, je suis quelqu'un de discret et de doux. J'ai même été qualifié de gentleman pour mes très bonnes manières et ma prévenance envers les femmes. Ma jumelle m'a beaucoup appris concernant la manière de prendre soin des femmes et de les nourrir. Ah ! Ne jamais s'embrouiller avec une femme qui a faim. Quoi qu'il en soit, je n'ai aucune patience avec l'incompétence. Faites votre boulot, et nous nous entendrons très bien. La sécurité aurait dû m'informer immédiatement de la présence de potentiels tricheurs.

Je fais signe à Jean-Luc de se rapprocher à nouveau et m'efforce de garder une voix égale.

— J'ai besoin du nom des gardes qui ont remarqué ça.

Les incompétents.

Il se racle la gorge et marmonne quelque chose d'inintelligible.

— Parle, ordonné-je.

— Laurence et Albert, dit-il, sa voix se cassant.

— Merci.

Je vous jure que je ne suis pas un patron cauchemardesque. Je suis un homme parfaitement raisonnable au comportement décontracté. Personne ne peut voir à travers mon visage impassible de joueur de poker. Je dois être en train de craquer sous la pression de diriger cet endroit à moi tout seul. Ce sera ma prochaine priorité – engager un superviseur pour s'occuper du personnel.

Il se balance de manière inconfortable sur les talons.

— Je devrais te laisser travailler, maintenant.

Je suis doué pour lire les émotions des gens – c'est l'une des clefs pour gagner au poker, l'autre étant ma mémoire photographique – et il a quelque chose en tête, qu'il hésite à dire. D'autres tricheurs ? Je n'ai pas envie de deviner.

Je garde une voix raisonnable et demande :

— Jean-Luc, as-tu autre chose à me dire ?

— Rien d'important, répond-il, les yeux fixés sur mon bureau.

Je serre les dents, m'efforçant de rester patient.

— As-tu besoin de me dire quelque chose de *pas* important ?

— J'aimerais récupérer l'emploi de barman.

— Tu m'abandonnes déjà ?

— Je travaillerais toujours pour le casino, répond-il en se tordant les mains. Mais à l'étage, au bar.

— Pourquoi ?

— Hum, parce que c'est marrant. Et il y a des pourboires.

Je suppose que ce n'est pas *marrant* de travailler avec moi. C'est la première fois que je dois gérer d'autres personnes, et je suis en train de tout faire foirer. Je suis tenté de dire, *je vais te donner un conseil, ne laisse pas tomber le patron des lieux un mois après avoir obtenu le job.* Mais je comprends. J'ai vingt-cinq ans, je ne suis pas beaucoup plus vieux que lui. Le bar est un endroit bien plus attirant, plutôt que d'avoir à trembler devant votre patron grincheux.

— As-tu déjà tenu un bar ? demandé-je.

— Oui. L'été dernier, en France.

— Trouve-moi un nouvel assistant et la place est à toi.

Il frappe dans ses mains, sautillant sur la pointe des pieds.

— Je connais la personne idéale. Ma tante. C'est une professeure d'école maternelle à la retraite. Très calme et patiente.

Est-ce ce dont il pense que j'ai besoin ? De quelqu'un qui ne deviendra pas nerveux avec moi ? Une autre insulte à mes capacités de gestion toutes fraîches. Je dois m'améliorer.

— Fais-la venir, dis-je. Je veux quand même lui faire passer un entretien avant toute chose. Ensuite, tu la formeras du lundi au vendredi, et tu travailleras au bar le week-end.

— Merci, monsieur !

Je ne prends pas la peine de répondre, agacé par ce changement de personnel. Cela fait un mois, et déjà, deux personnes quittent leur poste – le barman et mon assistant. C'était censé être un lieu de travail plaisant et gratifiant. Je devrais peut-être organiser quelque chose pour booster le moral de tout le monde, comme un tournoi de poker. Sauf que c'est ce que moi, j'aime faire pour m'amuser. Qu'aimerait faire mon personnel ? Je n'en ai aucune idée. J'ai engagé des îliens locaux, pour la plupart, et je commence à réaliser que je suis déconnecté d'eux.

Assis à mon bureau où m'attend une pile de paperasse, j'allume mon ordinateur portable et sors mon téléphone de ma poche de pantalon pour le poser sur le bureau. Ce foutu téléphone a vibré de tant d'appels et de notifications, durant le court trajet jusqu'ici, que je l'ai éteint. Par où commencer ? J'écris rapidement un e-mail à mon frère Lucas, qui est le directeur général de toutes les entreprises de Villroy, pour lui demander de me trouver un superviseur. C'est lui qui a tous les contacts concernant le personnel.

Et maintenant quoi ? Quelle tâche me rapporterait le plus d'argent ? Le marketing. C'était censé être le rôle de mon frère Oscar, avant qu'il tombe follement amoureux d'une princesse d'un autre royaume, Polly. Maintenant, ils sont mariés et ils règnent là-bas en tant que roi et reine. Tant mieux pour lui, hein ? Sauf que c'est à cause de lui que je m'occupe de cette opération tout seul, et que j'ai dû trouver d'autres investisseurs moins utiles. Il a retiré sa part de l'argent, qui constituait la majorité, pour en faire don au royaume de Polly après un ouragan dévastateur. Je suis content pour lui. Vraiment. Sans rancune. J'ai juste du mal à comprendre comment il a pu abandonner tant de choses juste pour être avec elle – son héritage ici, au casino, son foyer, et son dernier bien obtenu grâce à son passé de footballeur.

Si vous regardez le tableau d'ensemble, les relations amoureuses sont un mauvais pari. Il a eu de la chance. Je ne joue que lorsque les chances sont en ma faveur. Aucune femme n'a jamais retenu très longtemps mon intérêt, et j'ai toujours trouvé plus gentil de dire au revoir avant que la femme ne s'attache trop à moi.

OK, le marketing. Je peux faire en sorte que ce soit une question de chiffres. Le retour sur investissement et la priorité. Nous avons ouvert en août, quand il y avait toute une brochette d'invités pour le spa, et avons bénéficié d'un très bon départ grâce aux retombées. Nous sommes désormais à la mi-septembre, et le nombre d'invités du spa est en baisse, ce qui veut dire que les nôtres aussi. Je dois trouver un moyen d'attirer les gens ici pour le casino en lui-même. Le spa vend des cosmétiques en ligne pour contrecarrer les accalmies. Nous dépendons des visites en personne.

Cela fait un an que le spa et la ligne de cosmétiques ont été lancés, et notre économie s'améliore lentement, mais ce n'est pas encore ça. Une grosse pression repose sur moi, et la nécessité de faire de ce casino un succès de façon à nous assurer un futur stable et solide. C'est la première fois que j'ai l'occasion de contribuer à Villroy de manière significative, et je ne peux pas laisser tomber mon royaume.

Je me tourne vers mon ordinateur portable et passe en revue le décompte d'invités attendus au spa durant les six prochains mois. Il va clairement y avoir une accalmie. Je me plonge dans le problème, envisageant divers revenus de publicité et possibles retours sur investissement.

Quand j'ai terminé, je suis surpris de m'apercevoir qu'il est midi. Mince. Je n'ai pas encore allumé mon téléphone. Je m'en empare et l'allume, découvrant plusieurs messages vocaux et écrits – professionnels et personnels. *Priorise.* Quel message vocal est le plus crucial ? Je les parcours rapidement et m'arrête en voyant que ma jumelle m'a laissé un message. Silvia passe toujours en priorité. Un lien étroit nous unit, même si elle vit aux États-Unis avec son mari, Cade, maintenant. Je vérifie l'heure. Il est six heures du matin à New York. C'est là-bas qu'elle travaille, maintenant en tant qu'éditrice dans une maison d'édition jeunesse. Elle a appelé il y a quelques minutes. J'appuie sur une touche pour écouter le message vocal.

— Bonjour, c'est ta sœur préférée. Rappelle-moi quand tu auras une minute. J'ai repris contact avec Sara Travers hier soir, on est allé prendre un verre, et elle m'a dit quelque chose qui m'inquiète. En rapport avec le poker, alors je me suis dit que tu pourrais aider. Salut !

Sara Travers. Un frisson me parcourt le dos. Comme c'est étrange. Aucun de nous n'a plus eu de nouvelles de Sara depuis que ses parents sont morts, alors qu'elle avait treize ans. Elle n'a pas voulu garder le contact quand nous étions adolescents, et n'a jamais répondu à nos appels, nos e-mails ou nos SMS. Silvia disait que c'était parce que nous lui rappelions Villroy, tous les deux, l'endroit où Sara avait passé des étés heureux avec ses parents, qu'elle ne revivrait plus jamais. C'était un rejet par association. La dernière fois que j'ai vu Sara, c'était aux funérailles de ses parents.

J'ai souvent pensé à elle, cependant, espérant qu'elle allait bien. Pour dire la vérité, j'ai aussi essayé de reprendre contact une fois devenu adulte, retrouvant sa trace à travers les réseaux sociaux, mais elle ne m'a jamais rendu la pareille. J'ai fini par accepter qu'elle ne voulait pas avoir de lien avec moi. Malgré tout, une partie de moi ne l'a jamais oubliée.

Son anniversaire est le dix août – la veille du jour de l'ouverture du casino – et elle vient d'avoir vingt-cinq ans. Ça veut dire que nous avons tous les deux vingt-cinq ans, l'âge où nous nous sommes promis de nous marier. Nous avons fait un pacte. L'une de ces choses stupides que font les enfants. Nous nous sommes aussi promis de jouer au poker toute la nuit, toutes les nuits, quand nous serions mariés, étant incapables d'imaginer une chose plus excitante à faire en tant que couple marié. Ah ! Nous avions beau n'avoir que douze ans, ce moment avait semblé intense, à l'époque. Elle a été mon premier baiser, et c'était *parfait*.

Une pointe de jalousie me transperce. Sara a repris le contact avec Silvia, et pas avec moi ? Sara m'adorait. Elle disait que j'étais son héros.

J'appuie sur la touche de rappel.

— Eh, Sil, comment vas-tu ?

— Très bien ! Comment se passe la gestion du casino ?

C'est une lève-tôt joyeuse quand je suis un oiseau de nuit, ce qui créait des matinées intéressantes, quand nous étions enfants et qu'elle se baladait en gazouillant pendant que j'émettais des grognements irrités.

— La gestion du casino se passe bien. C'est quoi, cette histoire à propos de Sara ? Comment as-tu renoué le contact ? Est-ce qu'elle t'a contacté, ou est-ce que c'était le contraire ?

Je grimace, espérant ne pas avoir l'air trop jaloux que Sara ne m'ait pas contactée aussi.

— J'ai fouiné un peu et je l'ai retrouvée à Brooklyn. Je me suis juste souvenue de tous ces bons moments que nous avons passés ensemble, quand nous étions enfants, et ensuite elle a juste disparu. Je me suis dit qu'elle devrait être prête à me voir, vu que je suis pratiquement une New-Yorkaise à part entière comme elle, maintenant.

Je me retiens de commenter. Silvia ne vit à New York que depuis quelques mois, et elle a toujours clairement l'accent de Villroy. J'ai entendu dire que nous parlions un anglais formel, avec un léger accent français. Villroy se trouve juste au sud-ouest de la France, et un grand nombre d'îliens sont bilingues, étant donné que Villroy a été prise par les Britanniques, puis par les Français, avant que la famille légitime, les Rourke, en reprenne le contrôle il y a environ deux siècles.

Je recule contre le dossier de ma chaise.

— Donc, tu l'as appelée et vous êtes allées boire un verre. Qu'a-t-elle dit qui t'a inquiétée ?

— En fait, je me suis simplement pointée sur le pas de sa porte. Je ne savais pas si elle n'allait pas essayer de m'éviter. Heureusement, elle était chez elle, et j'imagine qu'elle va mieux, maintenant, parce qu'elle était heureuse de me voir.

Je devrais aller la voir aussi.

— Qu'est-ce qui t'a inquiétée ?

— Elle a dit qu'elle se faisait beaucoup d'argent en organisant des parties de poker à Brooklyn. Elle dit que c'est légal. Elle se fait surtout beaucoup en pourboires. Et puis je me suis dit que si elle se faisait beaucoup d'argent en pourboires, c'est que les mises devaient être très élevées. Qui est attiré par ce genre de parties de poker ? Les gens très riches, et puissants. Tu penses qu'il s'agit plutôt du type Wall Street, ou…

— Du crime organisé.

— Exactement. Je n'arrêtais pas de m'imaginer ces parties de poker aux mises élevées, et puis Sara, qui gérait ça toute seule, qui traitait l'argent toute seule. Est-ce que je suis parano ?

Je réfléchis à cela. Sara l'admettrait-elle s'il y avait le moindre danger dans ce qu'elle faisait ? Je n'en suis pas sûr. Quand nous étions enfants, elle adorait les paris, les défis, et le poker. Ce serait un choix naturel, pour elle. La seule manière de le découvrir, ce serait de voir les parties en action et de rencontrer les joueurs. Hors de question que j'envoie Silvia dans ce genre de situation. D'abord parce que ce serait dangereux, et ensuite parce que ce n'est pas une très grande joueuse de poker.

Et puis, mettons cartes sur table. Je ne peux pas manquer cette chance de reprendre enfin contact avec Sara. Si elle est prête à revoir Silvia, alors elle sera prête à me revoir. Nous constituons le même rappel à Villroy. Elle a peut-être dépassé le chagrin lié à ce souvenir de ses parents.

— Donne-moi son adresse, dis-je.

— Tu viens lui rendre visite ? Youpi ! C'est un bonus, pour moi.

Je ne peux m'empêcher de sourire. J'ai revu Silvia pas plus tard que le mois dernier, pour l'ouverture officielle du casino.

— Comme si ce n'était pas ton plan depuis le début.

Elle rit.

— Oui, c'était mon plan diabolique. De jouer sur ton petit faible pour elle.

— Ce n'était pas une faiblesse. Je l'appréciais, exactement comme toi.

— Parfois, dit-elle d'une voix douce, je me dis que ça a été plus difficile pour toi que pour moi, quand elle a coupé les ponts.

Je ne réponds pas. C'était dur, et clairement, je ne l'ai jamais oubliée, mais c'est le genre de chose qui pousserait Silvia à se lancer dans ses grands idéaux sentimentaux et romantiques. Pour ce que j'en sais, Sara et moi ne sommes peut-être même pas compatibles, en tant qu'adultes, mis à part notre amour partagé pour le poker. Je n'ai aucune attente particulière. J'ai juste besoin de savoir qu'elle va bien. Et je suis curieux à propos d'une personne qui a tenu un grand rôle dans mon enfance. Il n'y a absolument rien de romantique là-dedans.

— Bon, assez de mièvreries, dit Silvia d'une voix moqueuse. Donc, tu vas aller jeter un œil à ses parties ?

— Ça vaut la peine d'aller voir ça. Je ne pourrais pas partir très longtemps. Je prendrai l'avion lundi, comme on est fermé le lundi, ici.

Notre jet privé rend les voyages faciles.

— Le patron.

— Tout n'est pas glamour et paillettes. Mon assistant tremble devant moi et le personnel est incapable d'oublier mon titre et d'être honnête avec moi.

— C'est ta voix. Elle ressemble à un grognement bourru, quand tu es irrité. Personnellement, je trouve les hommes bourrus et grognons attachants.

Elle s'écarte du téléphone et lance :

— Oui, je parle de toi, mon amour, et aussi de mon jumeau et de mes cousins.

J'entends un bruit de baiser. Cade ressemble à un montagnard – haut de deux mètres, avec des cheveux blond sale lui tombant sur les épaules et une grosse barbe. Il travaille pour une compagnie de vente et de services pour un centre de loisirs en plein air en tant qu'analyste financier. Il est bourru et aime la nature. L'opposé presque parfait de mon rat de bibliothèque de sœur.

Elle reporte son attention sur moi.

— Cade m'a entendue. Bref, certaines personnes trouvent ce genre de voix un tout petit peu intimidante. Ajoute à ça le truc du prince, pour des locaux qui ne t'ont jamais connu que de loin, et tu te retrouves avec un personnel mal à l'aise.

— Je ne peux rien y faire, si je suis un prince, et je ne peux pas maîtriser ma voix quand je suis en colère.

— Essaie d'ajouter un peu de gentillesse, comme moi.

— Je suis très gentil, grogné-je, et elle rit.

— Demande à Emma de prendre ta place pendant ton absence, dit Silvia. C'est notre grande sœur, et l'un des investisseurs du casino. Elle a un intérêt là-dedans et devrait s'y intéresser un peu plus.

— Je lui en parlerai.

Je marque une pause, avant de reprendre :

— De quoi a-t-elle l'air ?

Je parle de Sara.

— Elle est la même, et différente à la fois. Il y a une dureté, chez elle, qui n'était pas là avant, mais quand elle sourit, c'est comme au bon vieux temps. Et Chloé n'est plus une enfant terrible. Sara dit que c'est une étudiante très sérieuse. Elle vient d'entrer à Columbia et compte passer son diplôme dans trois ans pour pouvoir aller directement à l'école de médecine d'Harvard. Elle veut travailler dans la recherche médicale et trouver un remède contre le cancer.

— Waouh. C'est… super.

Mais inquiétant, d'apprendre le revirement de personnalité total de Chloé. Elle n'a jamais été sérieuse quand elle était enfant. Évidemment, la dernière fois que je l'ai vue, elle n'avait que cinq ans. Je n'aurais jamais cru qu'elle deviendrait une étudiante sérieuse et médecin. Il semblerait qu'il y ait beaucoup de choses que je ne sais pas à propos de Sara et de sa sœur.

— Je sais, c'est un peu bizarre, sachant à quel point c'était une petite terreur. Je compte lui rendre visite aussi. Bon, je dois y aller. Envoie-moi un message quand tu seras en ville. Je t'aime !

— Je t'aime aussi.

Je raccroche et reste assis là un moment, me remémorant les souvenirs de Sara quand elle était enfant, taquine, espiègle et rieuse. Cet été où je l'ai sauvée et embrassée, où nous avons fait un serment solennel.

Si Sara a besoin d'un héros, bonne nouvelle, je suis en chemin. Et si ce n'est pas le cas, j'ai une bonne excuse – nous avons vingt-cinq ans, et nous avons fait un pacte.

3

———

Sara

J'appuie sur la sonnette d'un appartement de Park Slope, me répétant de rester calme et assurée. C'est la partie la plus difficile de mon travail. Le lendemain des parties de poker, je dois collecter les dettes chez les perdants avant de pouvoir redistribuer l'argent aux gagnants. Sergei a perdu gros, hier soir. C'est un numéro d'équilibriste, avec des hommes riches et puissants. Ils ne veulent pas perdre la face, ne veulent pas être vus comme des perdants. Je dois faire en sorte que les choses restent légères et plaisantes.

Quelques instants plus tard, sa gouvernante, Mme Davies, une femme d'environ soixante ans aux cheveux gris au carré, m'invite à entrer.

— Bonjour, Sara, il est dans son bureau.

— Bonjour, Mme Davies, et merci.

Je suis déjà venue ici, avec ses gains, mais jamais pour une aussi grosse perte. Je jette un œil autour de moi. Pourquoi est-ce que je m'inquiète ? Il peut se le permettre. Sergei vit seul dans ce quartier historique prestigieux, dans un hôtel particulier de mille huit cents mètres. C'est un vrai manoir. Ces endroits valent des millions. Il n'y a qu'à regarder cet escalier en bois sculpté d'origine, qui a plus de cent ans. Il vaut probablement plus que mon appartement à lui seul. Mes talons claquent sur le parquet à chevrons alors que je traverse la porte vitrée menant à un élégant salon.

Je porte un chemisier à manches courtes et à rayures noires et blanches, avec une jupe droite et des escarpins noirs, ayant opté pour un style professionnel. Je suis ici pour affaires. Je passe la porte ouverte du bureau. Des bibliothèques du sol au plafond, remplies de livres à reliure de cuir s'étirent sur toute la longueur du mur de chaque côté de la cheminée et au-dessus d'elle. La pièce est bien éclairée par deux larges fenêtres, au fond de la pièce.

Sergei me tourne le dos, fixant une photo sur le manteau de la cheminée. C'est un homme grand et maigre d'une trentaine d'années, aux cheveux brun foncé coupés courts, ce qui accentue ses pommettes aiguisées.

Léger et plaisant.

— Bonjour, Sergei. C'est une merveilleuse journée, aujourd'hui.

Il se tourne vers moi et sourit, ses yeux bruns foncés pétillants d'intelligence habile.

— C'est toujours un plaisir de te voir, Sara, même si j'aimerais que ce soit en de meilleures circonstances, ce matin.

Il a un léger accent russe, qu'il s'efforce de perdre avec l'aide d'un coach de dialecte privé. Je le sais parce qu'il m'a demandé si j'arrivais à déceler son accent, la première fois que nous nous sommes rencontrés. Hum, oui, évidemment.

Je m'avance vers lui et il m'examine de haut en bas alors que je marche, étudiant ma tenue en s'attardant sur mes mollets. Mes jambes sont nues. J'imagine que c'est le genre de type qui aime les jambes.

Je lui adresse un sourire rayonnant.

— Je suis sûre que vous gagnerez à nouveau dès la prochaine partie. Vous êtes notre meilleur joueur.

L'un des meilleurs.

— Discutons, dit-il, indiquant une paire de chaises en bois aux sièges bleus rembourrés, devant la cheminée.

Ce n'est pas bon signe. Je n'ai pas envie de parler. Je veux l'argent qu'il me doit.

Je m'assois et croise les jambes.

— De quoi voudriez-vous parler ?

Il fait pivoter sa chaise de manière à me faire face.

— Nous n'avons jamais eu l'occasion de passer du temps rien que tous les deux.

Je colle un sourire sur mon visage. Il est intéressé par moi. Non merci.

— C'est vrai, mais je suis là, maintenant. Je sais que ce n'est pas agréable, mais j'ai pas mal d'autres arrêts à faire, alors si vous pouviez simplement me donner ce que je suis venue chercher, je vous en serais très reconnaissante.

— Vous êtes une belle femme, dit-il d'une voix plus rauque. Est-ce que je vous l'ai déjà dit ?

— Merci, rétorqué-je d'une voix égale. J'apprécie le compliment. Je dois partir ; d'autres personnes attendent ma visite. Je peux accepter un chèque, si c'est plus simple pour vous.

Ses yeux sombres sont doux, sa voix basse.

— Aimeriez-vous dîner avec moi, ce soir ?

Je détourne les yeux, feignant d'être flattée.

— Sergei, c'est une si gentille invitation.

Je croise son regard, attends un instant comme si j'y réfléchissais, avant de dire d'un ton de regret :

— Je dois décliner. Je ne sors pas avec les joueurs. Cela rendrait les autres suspicieux, s'ils pensaient que j'avais une préférence pour un joueur. J'aime faire en sorte que les choses restent professionnelles, pour toutes les parties concernées.

C'est vrai, mais ce n'est pas uniquement parce qu'il est un joueur et que pour moi, c'est professionnel. Je ne fais pas dans les relations amoureuses, point. Ma sœur est le seul véritable lien que je conserverai, jusqu'au jour de ma mort. Je préfère être seule plutôt que de revivre la souffrance liée à la perte de quelqu'un. Je n'ai pas besoin qu'un thérapeute m'explique pourquoi. C'est comme ça. La plupart des gens sont un mauvais pari, de toute façon.

Il appuie les coudes sur les genoux, approchant son visage à mon niveau, inconfortablement près.

— Personne n'aurait besoin de le savoir. Je n'en parlerais pas. Vous pourriez garder un petit secret, non ?

Je repousse mes cheveux en arrière et me lève.

— Je crains que non. J'aimerais que notre relation reste amicale.

Il se lève lentement et réduit la distance entre nous, ses mouvements ayant la furtivité d'un prédateur. Mon cœur cogne dans ma poitrine. J'envisage mes options – un genou dans les parties, me retourner et courir, hurler. Attendez. J'ai une bombe lacrymogène dans mon sac à main.

Il est si près que je peux sentir son souffle sur mon visage. Il replace une mèche de mes cheveux derrière mon oreille.

— Une si jolie petite chose.

Je déglutis avec difficulté, ma main glissant vers la fermeture éclair de mon sac à main.

— J'ai entendu dire que Vic Sobol s'est intéressé à nos parties. C'est ce…

— Je sais qui il est, répond-il en se figeant soudain. Il gère ces fonds spéculatifs. Vous pouvez le faire participer ?

— J'ai rendez-vous avec lui un peu plus tard. Je peux le faire passer de curieux à mourant d'envie de jouer. Sans problème.

C'est du bluff total. J'ai tâté le terrain avec Vic, et n'ai pas eu de réponse. Je m'inquiéterai de ça plus tard.

Il plisse les yeux.

— Vous vous jouez de nous tous, n'est-ce pas ?

Ma main plonge dans mon sac à main, cherchant frénétiquement le gaz lacrymogène.

— Mon unique travail est de diriger des parties avec les meilleurs joueurs. Comme vous.

Je l'ai, mon doigt est sur l'embout. J'hésite à dégainer la bombe. Si je le fais prématurément, je perdrai ce joueur pour toujours.

C'était l'un des premiers joueurs dans mes parties, quand il n'y avait que cinq hommes, et il a amené avec lui certains excellents joueurs. J'ai dix hommes, maintenant, avec un tas d'argent à parier. Ils risquent de tous prendre son parti, me laissant incapable d'organiser une partie convenable.

— Vous comprenez bien que c'est mon travail, n'est-ce pas ? De gérer les parties ; de garder tout le monde sur un même pied d'égalité. Je paie les frais d'université de ma sœur. Je suis tout ce qu'elle a. Nous sommes orphelines.

J'ignore la pointe de douleur aiguisée qui me transperce au souvenir de mes parents, restant concentrée sur la situation présente.

Il se tourne vers son bureau et traverse la pièce, et je m'effondre presque de soulagement, relâchant ma prise sur la bombe lacrymogène. Je le regarde ouvrir un tiroir et en sortir un chéquier.

— J'ai perdu ma mère très jeune, dit-il tout en remplissant un chèque.

Il me le tend et ajoute :

— Votre sœur a de la chance de vous avoir.

Je prends le chèque, jette un œil au montant pour m'assurer qu'il ne m'a pas arnaquée, et le range dans mon sac à main.

— Merci. Je vous vois mardi soir avec le nouveau poisson.

Poisson signifie mauvais joueur, contre qui les joueurs expérimentés comme lui aiment beaucoup jouer. Je sous-entends que le type des fonds spéculatifs sera mauvais au poker, alors que nous savons tous les deux que ce n'est pas le cas. Gardons les choses légères et plaisantes.

Il secoue la tête.

— Ce serait l'idéal. Mais il y a peu de chances pour que Vic soit un poisson.

Je recule vers la porte.

— J'accorde beaucoup d'importance à notre amitié, Sergei. Et je suis un mauvais pari, de toute façon. Je ne fais pas dans les relations amoureuses.

Il arbore un sourire narquois.

— Qui a parlé d'une relation amoureuse ?

Je secoue un doigt dans sa direction.

— Je ne fais pas ça non plus avec mes joueurs. Passez une bonne journée !

Puis je m'en vais, marchant d'un pas vif après ce que j'appelle une visite de collecte à succès. Plus que quatre. Puis je pourrais passer à la partie amusante, celle où j'apporte l'argent aux gagnants. Tout le monde adore ces visites. Je suis comme Robin des Bois, sauf que je prends au riche pour rendre les riches encore plus riches. Je suis peut-être plus une fée marraine. Tout ce que je sais, c'est que j'adore ce job.

Quand je rentre à mon studio, dans un quartier de Brooklyn pas si agréable que ça, loin des bourges de Park Slope, je jubile. Tous mes joueurs sont payés, tout le monde est impatient d'être à mardi, et le monde est un endroit merveilleux. Je jette mon sac à main sur mon canapé-lit vert foncé, vais à la cuisine linéaire et sors le coffre-fort du four. Mon passe-temps préféré, c'est de compter mon argent. Ce n'est pas comme si j'étais Mlle Cupide. Je paie vraiment les études de ma sœur, et j'espère payer aussi ses études de médecine. Nos parents sont morts dans un accident de voiture quand j'avais treize ans. Ma poitrine me fait mal, et je réalise que je retiens mon souffle. Je me pousse à respirer normalement alors que les souvenirs me submergent. *Inspire, expire. Les crises de panique ne me contrôlent plus.*

Ils étaient partis pour une soirée en tête à tête, et s'étaient rendus dans un restaurant non loin de notre appartement de Manhattan. Ils essayaient d'arranger les choses après les nombreuses disputes houleuses parce que mon père voulait quitter son travail pour ouvrir sa propre boîte en tant que consultant. Un chauffeur de camion ivre a dévié de la route et les a percutés sur le trottoir. J'aime à croire qu'ils essayaient de faire la paix plutôt que de se disputer, dans leurs derniers instants.

J'ai grandi en une nuit. Arrachée à ma vie stable et idyllique pour être mise face à la dure réalité : j'étais seule au monde. Bien sûr, j'avais Chloé. Elle n'avait que six ans, un bébé, et j'ai endossé le rôle de la mère dont elle n'avait pas pu bénéficier. Nous avons emménagé à Brooklyn pour vivre avec notre oncle Rob, dans un appartement de deux chambres dans un quartier sympathique. Ce n'était pas si mal. C'était un type gentil, mais assez excentrique. Je suis devenue l'adulte de cette maison, faisant la cuisine, le ménage et m'occupant de Chloé. Elle est passée d'extravertie à mutique en une nuit. Il a fallu trois mois pour la pousser à se remettre à parler, et elle n'est jamais redevenue l'enfant insouciante et pleine d'énergie qu'elle était. Elle est devenue sérieuse et renfermée, même après une thérapie. Qui pourrait lui en vouloir ? C'était une période très sombre.

Quand j'avais seize ans, Oncle Rob a perdu son travail et a déménagé à Nashville pour retrouver le succès avec sa nouvelle petite amie, nous laissant derrière lui. Ensuite, je suis vraiment devenue l'adulte responsable. Il envoyait de l'argent pour la location, et je couvrais le reste des dépenses en travaillant comme serveuse. Je pensais qu'il reviendrait à la raison, mais il n'est jamais revenu. Chloé et moi avons fait le bilan et décidé que nous avions besoin d'un appartement moins cher, cet endroit minuscule, et que notre meilleure chance était de vivre de manière frugale jusqu'à ce que j'aie dix-huit ans et que je puisse obtenir un travail mieux payé. Finalement, j'avais terminé le lycée et trouvé un emploi en tant que responsable administrative, où je travaillais le jour tout en restant serveuse le soir. Chloé trimait comme une dingue à l'école, décidant que la fac serait son tremplin vers une vie meilleure. Mais elle a découvert qu'elle aimait vraiment l'école. Elle était douée pour ça. Maintenant, ses aspirations se portent à la fois vers la sécurité financière et la possibilité de faire une différence dans le monde. Je suis si fière d'elle.

Quant à moi, j'ai joué à des parties de poker locales pendant des années, avant de réaliser que je pourrais me faire beaucoup plus d'argent en organisant mes propres parties. Depuis que j'ai lancé ces parties cet été, tous mes problèmes d'argent se sont envolés. J'ai quitté mes deux emplois *et* j'ai payé les premiers frais de scolarité de Chloé en août. Les choses sont en très bonnes voies pour le paiement de janvier. Je ne veux pas qu'elle soit profondément endettée à sa sortie de la fac, surtout en connaissant le coût des études de médecine. Hier soir, j'ai gagné cinquante mille dollars en pourboires. La mise continue de grossir de plus en plus avec les joueurs que j'attire – des Russes fortunés – et je m'assure que tout le monde quitte la partie en ayant l'impression d'être un roi. Chloé n'aura peut-être pas à travailler si dur pour finir la fac en trois ans. Je veux qu'elle profite de ses années de fac, pas qu'elle se dépêche de les finir. Même si elle jure que ce n'est pas pour des raisons financières qu'elle veut obtenir son diplôme en trois ans. Elle affirme qu'elle est simplement impatiente d'entrer en école de médecine. Connaissant Chloé, c'est probablement un mélange des deux. Maintenant qu'elle a dix-huit ans, elle a un meilleur recul sur ce que j'ai fait pour elle, en essayant d'être la mère qu'elle n'avait pas pu avoir, et elle veut me rendre la pareille. Qu'elle est bête. Ce n'est pas comme ça que le truc des petites sœurs fonctionne.

J'emporte le coffre-fort jusqu'à mon canapé-lit et m'assois, le posant sur mes genoux. J'entre la combinaison et je l'ouvre. Des piles de billets de cent dollars m'accueillent de leur présence rassurante. Je devrais probablement les emmener à la banque, mais je crains d'avoir l'air suspicieuse en arrivant avec autant de liquide. Ils risquent de croire que j'ai cambriolé une supérette, ou un truc comme ça. Au point où j'en suis, je pourrais même prépayer les frais de scolarité de l'année prochaine, tout en ayant toujours assez d'argent pour payer le loyer.

Je devrais déménager dans un appartement à une chambre. Celui-là est si petit – une seule pièce, avec mon canapé se dépliant en lit, une cuisine linéaire et une minuscule salle de bains séparée. J'ai du mal à croire que, jusqu'à récemment, je partageais ce petit appartement avec Chloé. Elle n'est pas loin, dans une résidence étudiant à Columbia, en ville, mais elle me manque terriblement.

Je sors les piles de billets, les comptant avant de les étaler sur la table basse pour donner l'impression qu'il y en a encore plus. Je souris et les rassemble, les glissant à nouveau délicatement dans le coffre-fort. Oups. J'ai accidentellement retourné mes cartes dragons porte-bonheur – une paire de deux rouges. Je les replace soigneusement à l'envers au fond. C'est la seule chose que j'ai conservée avant que ma vie ne soit bouleversée. Elles me rappellent une époque plus simple, où je croyais qu'un gentil garçon aux yeux noisette était mon héros.

Je suis sûre qu'Adrian a tourné la page. Je n'étais que la visiteuse de l'été. C'est un prince, qui évolue parmi l'élite. Il a essayé de reprendre le contact, au fil des années, mais je n'étais pas prête à repenser à mon temps passé à Villroy. Mes parents étaient comme un couple en lune de miel, dans le cottage d'été que nous louions là-bas. C'était trop triste de concilier ces souvenirs avec une réalité qui ne les incluait plus. J'avais besoin de rester forte pour Chloé. Finalement, Adrian avait cessé de me contacter.

Je ferme et verrouille mon coffre. Je devrais peut-être demander son numéro à Silvia. Je vais mieux, maintenant. J'ai vu Silvia, ici, à Brooklyn, et tout s'est bien passé. Aucune attente, ou quoi que ce soit. Juste une discussion au nom du bon vieux temps.

~

Adrian

Je regarde par la fenêtre de la Mercedes de location, cherchant les numéros des bâtiments que nous dépassons. On dirait bien que c'est juste un peu plus loin. Je dis au chauffeur où s'arrêter et mon garde, Jack, sort avec moi quelques instants plus tard. Il a trente ans, des cheveux blonds coupés court, est grand et large avec une expression dure qui fait savoir à tout le monde qu'il vaut mieux pas tenter quoi que ce soit sous sa surveillance. Après tout mon temps passé à m'entraîner au combat avec les gardes du palais, je pourrais me défendre tout seul, mais je suis obligé d'avoir un garde, étant donné que je fais partie de la famille royale. J'ai choisi Jack parce qu'il représente toujours un défi lorsque nous combattons. Quoi qu'il en soit, il est plus prudent d'avoir quelqu'un pour regarder par-dessus mon épaule dans les rares moments où je suis en présence d'une foule trop zélée.

Nous sommes lundi après-midi, heure de New York, et je

me tiens devant un bâtiment vétuste en béton et en verre, dans un quartier douteux de Brooklyn. Je n'ai pas l'impression que Sara nage dans l'argent, comme l'a dit Silvia. J'espère qu'elle est chez elle. Je m'assiérai sur les marches jusqu'à ce qu'elle revienne, s'il le faut. Il fait plus chaud que je m'y attendais, pour une mi-septembre. Je déboutonne mes manches et les relève. Puis j'hésite, fixant le bouton de l'interphone avec son nom dessus – Travers.

Je laisse échapper un soupir. Une partie de moi ne sait pas trop si je vais recevoir l'accueil chaleureux qu'a reçu ma sœur. Silvia et Sara étaient les meilleures amies du monde, de cette relation étroite que peuvent partager les filles. J'étais un ajout à leur amitié, jusqu'au dernier été, où Sara et moi nous sommes rapprochés. J'étais son héros.

Je secoue la tête. Les efforts héroïques d'un garçon de douze ans. Elle a probablement oublié tout ça, vu la manière dont tout a drastiquement changé pour elle. Je suis ici pour m'assurer qu'elle n'est pas en danger avec ses parties de poker. Rien de plus.

OK, je meurs d'envie de voir à quoi elle ressemble en tant qu'adulte. Sa photo sur les réseaux sociaux a été prise de loin, et elle porte une casquette de baseball et des lunettes.

J'appuie sur l'interphone.

Une voix féminine se fait entendre.

— Oui ?

Je me racle la gorge.

— Sara ?

— Qui la demande ?

Sa voix est dure, comme l'avait dit Silvia.

— C'est Adrian Rourke. Silvia m'a donné ton adresse. J'étais en ville et je me suis dit que j'allais passer te voir.

Silence.

Merde. Est-ce que je vais me faire envoyer sur les roses ? Silvia s'est pointée à l'improviste et cela n'a causé aucun problème.

Un instant plus tard, la porte s'ouvre et elle se tient juste devant moi – Sara Travers, adulte.

Ma bouche s'assèche. Elle est encore plus belle que dans

mon souvenir. Ses cheveux blonds lui tombent sur les épaules en une cascade lisse et soyeuse ; ses cils épais encadrent ses yeux verts, sa peau est laiteuse. Son corps est très féminin, tout en courbes et tonique. Elle porte un tee-shirt rose délavé et un short coupé en jean, un short très court. Ses jambes sont galbées et ses pieds nus. Toutes mes terminaisons nerveuses se mettent en alerte maximale et mon pouls pulse dans mes veines. Du pur désir. J'imagine que cette attraction avec laquelle nous avons flirté à douze ans ne s'est pas évanouie. Maintenant, je sais quoi faire avec ça.

Je me force à reporter mon regard sur son visage. Les sept taches de rousseur sur son joli nez sont encore là. Mon chiffre porte-bonheur. Les taches de rousseur sont atténuées, probablement par du maquillage, mais elles sont là. C'est encore ma Sara, celle des meilleurs étés de ma vie. Je n'avais pas réalisé à quel point elle m'avait manqué jusqu'à cet instant.

— Sara, dis-je d'une voix rauque.

Ses yeux verts sont arrondis et elle me dévisage.

— Adrian ?

Je souris.

— Le seul et l'unique.

Son regard scrute mes traits.

— Je n'arrive pas à croire que tu es ici, dit-elle d'une voix douce. Tu as l'air si différent.

— J'ai bien grandi. Tu as changé aussi, dans le bon sens. Comment vas-tu ?

Elle se tourne vers l'intérieur et me fait signe de la suivre.

— Entre.

Je la suis à l'étage, mon garde sur les talons, et elle ouvre la porte d'un minuscule appartement. Je me tourne à nouveau vers Jack.

— Tu peux attendre à l'extérieur.

— Je dois jeter un œil à l'intérieur, Votre Altesse, dit Jack.

— Ça ne te dérange pas ? demandé-je à Sara.

Elle lui fait signe d'entrer.

— Pas du tout. Il n'y a pas grand-chose à voir.

Jack entre, avant de ressortir une minute plus tard.

— Rien à signaler, monsieur.

— Merci.

— Je serai dehors, monsieur, dit-il.

J'adresse un hochement de tête à Jack et je suis Sara dans un appartement une pièce. Il est propre, mais peu meublé – un vieux canapé vert, une table basse en bois usée et une petite table de chevet noire avec une lampe. Une minuscule cuisine linéaire. Peut-être que la définition de gagner « beaucoup d'argent » grâce à des pourboires de parties de poker représente bien moins que celle de Silvia. Je ne sais pas à quoi Sara est habituée depuis la mort de ses parents. Ils étaient aisés, je crois. Suffisamment, en tout cas, pour vivre à Manhattan et passer leurs étés à Villroy, même si son père n'est jamais resté un été entier. Il travaillait dans le domaine de la finance. Sa mère était proviseur dans une école privée, où Sara allait gratuitement, elle était donc en congé pendant tout l'été.

J'étudie son visage un moment, m'efforçant de voir la sévérité et la dureté qu'a mentionnée Silvia. Elle avait un ton dur, dans l'interphone, mais elle ne me paraît plus dure, plutôt compétente et assurée. Comme si elle savait exactement qui elle était et ce qu'elle voulait faire. Elle a une expression bien plus sérieuse que lorsqu'elle était enfant, mais il fallait s'y attendre, surtout sachant qu'elle a plus ou moins dû grandir en une nuit, à la mort de ses parents. En tant que la grande sœur ayant sept ans de plus que la petite Chloé, je suis sûr qu'elle a aussi pris soin d'elle. J'aime cette expression chez elle. J'apprécie les gens compétents.

Elle se tourne vers le réfrigérateur, ouvre la porte et se penche pour regarder dedans.

— Je peux t'offrir quelque chose à manger ou à boire ?

Mon regard se pose sur ses fesses en forme de cœur dans son petit short, et ma peau me chatouille, mes mains mourant d'envie de toucher. J'en arrache mon regard, le laissant glisser le long de ses jambes lisses et toniques. Un élan de désir pur m'envahit. *Détourne les yeux, détourne les yeux.* Je me rappelle que je ne suis en ville que pour quelques jours. Je dois rentrer chez moi jeudi pour être au casino durant les horaires de week-end animés. Je ne pourrais jamais traiter Sara comme un simple flirt temporaire, ce qui veut dire qu'on doit n'être que des amis. Mon regard remonte le long de ses jambes et jusqu'à ses jolies fesses. *String ? Culotte de bikini ? Dentelle ou coton ?* Je commence à me sentir à l'étroit dans mon pantalon. Merde.

Elle se retourne, et je lève vivement la tête pour croiser son regard. Elle m'adresse un sourire d'excuse.

— On devrait peut-être sortir. Je n'ai rien d'autre que des condiments, de vieux plats à emporter et de la laitue flétrie. Je ne m'attendais pas à avoir de la visite.

— Est-ce que ça te dérange que je sois venu ici à l'improviste ? Silvia m'a dit qu'elle était venue comme ça, alors…

Elle plante les mains sur les hanches dans une position dont je me souviens bien.

— Les jumeaux Rourke qui viennent me voir à quelques jours d'écart. C'est si fou. Je n'arrive pas à croire que tu es vraiment là. Alors tu viens d'arriver en ville ?

Elle est mon premier arrêt depuis ma sortie de l'aéroport. *Désolée, ma sœur !*

— Je suis arrivé aujourd'hui. Allons-y. Je t'offre à boire.

— D'accord.

Ses joues rougissent alors qu'elle tend la main derrière moi pour attraper son sac à main sur le canapé. J'adore le fait que sa peau la trahisse – se rapprocher de moi l'a fait rougir. Peut-être que ce désir est réciproque.

— J'imagine que Silvia t'a parlé de notre rencontre ? demande-t-elle tout en plaçant la lanière de son sac sur son épaule.

— On en a parlé. Je comptais lui rendre visite, alors je me suis dit que je passerai te voir pour te dire bonjour.

Je souris, puis ajoute d'une voix chaleureuse :

— Bonjour.

— Bonjour.

Sa voix est voilée. Elle fixe un instant mes lèvres, puis ma mâchoire – je ne l'ai pas rasée – son regard se pose sur mes épaules et mes bras nus. Ses joues *et* son cou sont rouges, maintenant. L'attirance est clairement mutuelle. Je suis secrètement ravi, même si je ne ferai rien en ce sens.

— Tu aimes ce que tu vois ? dis-je, ne pouvant m'en empêcher.

Elle agite les mains en l'air, les joues rose vif. D'embarras, cette fois.

— Désolée, dit-elle, avant de se précipiter vers la porte.

Je la suis dehors et la regarde verrouiller derrière nous. Je décide de conserver un ton léger.

— Ça ne me dérange pas que tu me reluques, dis-je alors que nous descendons l'escalier. Je suis étonnamment viril, et tu essaies de réconcilier ce fait avec ce à quoi je ressemblais la dernière fois que tu m'as vu.

Elle éclate de rire, et ma poitrine se réchauffe.

— C'est vrai. Je me souviens de toi avant la puberté.

— J'étais en plein dedans, la dernière fois que je t'ai vue.

Elle s'arrête sur le trottoir, devant le bâtiment.

— Je vais t'emmener au même endroit que j'ai emmené Silvia. C'est un bon restaurant, avec un bar, où on ne regardera pas ton garde avec suspicion.

— En voiture ou à pied ?

— On peut marcher. La nuit est douce.

— Je te suis.

Nous descendons la rue d'un pas vif. Sara a cette foulée de New-Yorkaise, résolue et rapide, comme s'il n'y avait pas de temps à perdre. Mon garde nous suit.

— Silvia n'a pas changé, dit-elle. C'est toujours un rat de bibliothèque. Elle est même restée physiquement la même, en plus grande.

Elle lève les yeux vers moi.

— Je ne fais pas exprès de te dévisager. J'essaie juste de concilier cette allure avec qui tu étais à l'époque.

— J'imagine qu'il va falloir un peu de temps pour te remettre du choc de me voir dans toute ma gloire virile.

Je me tape le torse avec le poing comme un homme de Néandertal.

Elle ne rit pas. Au lieu de ça, elle replace une mèche de cheveux derrière son oreille, une rougeur maculant ses joues alors qu'elle regarde droit devant elle.

— C'est un peu un choc. Alors, qu'est-ce que tu fais, en ce moment ?

— Est-ce que je dois te faire un récapitulatif de tout ce que j'ai fait depuis la dernière fois qu'on s'est parlé ?

— Bien sûr. Parle-moi des treize dernières années.

— J'ai passé mon diplôme à Cambridge, où j'ai étudié les mathématiques avec une spécialité en statistiques et probabilités. J'ai immédiatement mis mon diplôme à profit pour devenir un excellent joueur de poker. Un travail important, je sais. Maintenant, je dirige un casino à Villroy et je regarde d'autres personnes perdre au poker.

Elle hoche la tête.

— Ça me semble un job parfait pour toi. Comment est-ce, la gestion de casino ?

— Eh bien, ça ne fait qu'un mois, mais nous avons eu un démarrage en flèche. Nous avons la chance de bénéficier du trop-plein de clients sortant du spa de jour voisin, et c'est vraiment bondé, durant l'été. Maintenant, je dois juste trouver comment garder le nombre de visiteurs élevé, et comment être un peu plus gentil.

Elle me regarde d'un air interrogateur.

— Plus gentil ?

— Silvia dit que j'ai besoin de mettre un peu plus de gentillesse dans ma voix, expliqué-je en haussant une épaule. Juste parce que mon assistant tremble devant moi et que mon personnel a peur de venir me voir quand il y a un problème.

Elle fronce les sourcils.

— Mauvais conseil. Le patron ne peut pas être gentil. C'est une bonne chose, qu'ils aient peur de toi.

— Ce n'est pas comme s'ils étaient terrifiés. Ils sont juste intimidés par mon titre et le fait que je n'aie aucune patience pour l'incompétence.

— Et tu ne devrais pas tolérer l'incompétence. S'ils ne peuvent pas faire le boulot – elle lève un pouce et laisse échapper un sifflement – bye bye ! Pour ce qui est des clients, c'est une autre histoire. Il faut toujours rester léger et agréable avec eux.

— C'est comme ça que tu diriges tes parties de poker ?

Elle se raidit.

— Silvia t'a parlé de ça ?

— Oui, elle s'est dit que j'aimerais peut-être jouer un peu, tant que j'étais en ville. Tu as de la place à ta table, demain ? Elle a dit que tu jouais les mardis.

— Pas de place, désolée. Nous sommes déjà dix.

— Et si je me contentais de regarder ? Je pourrais alterner si quelqu'un veut faire une pause ou partir plus tôt. Ça arrive.

— Je te le ferai savoir.

Mes sens passent en alerte maximale. Elle se montre cachottière, ne voulant même pas me laisser regarder.

— Tu joues deux fois par semaine, c'est ça ? Quand aura lieu la prochaine partie ?

— Comment se porte le reste de ta famille ? J'ai entendu dire que Gabriel était roi, maintenant. Mince. Désolée.

Elle grimace et ajoute :

— Je suis désolée pour ton père.

— Merci. Ma famille se porte bien. Gabriel fait de l'excellent travail en tant que dirigeant, avec sa femme. Ils sont en train d'emmener Villroy dans le nouveau siècle, tout en préservant notre histoire et nos traditions. C'était une idée de génie de passer de l'industrie commerciale de la pêche à la manufacture de cosmétiques, en utilisant des produits de la mer. De l'huile de poisson, des algues, ce genre de choses.

— C'est une excellente nouvelle. Silvia m'en a parlé un peu. Elle avait l'air très fière d'avoir pu aider avec les recherches pour les cosmétiques et le spa.

— C'est une entreprise familiale, tout le monde est impliqué. Je suis fier de ce que j'ai accompli, moi aussi.

Nous marchons en silence pendant un petit moment. C'est agréable, comme si nous nous trouvions à nouveau sur la plage, une partie de nous se souvenant l'un de l'autre malgré tout le temps qui a passé. J'ai envie d'en savoir plus à propos de ses parties, de sa vie, de tout, en fait, mais il y a une chose que je meurs d'envie de connaître plus que tout.

— Est-ce que tu te souviens de notre pacte ? demandé-je avec un sourire.

Son visage devient impassible.

— Un pacte ? On avait un pacte ?

— Tu ne t'en souviens pas ?

Elle s'en souvient forcément. C'était un moment intense. Pour moi, en tout cas.

— On a dit qu'on se retrouverait quand on aurait vingt-cinq ans et qu'on se marierait.

— Je n'ai jamais dit ça.

— Si, tu l'as dit. Ce n'était pas *mon* idée. Je visais juste un baiser, cet été-là.

Elle émet un petit rire.

— Ça ressemble au rêve stupide d'une fille stupide.

— On a vingt-cinq ans, maintenant.

Sa mâchoire s'ouvre en grand.

— Tu es sérieux ? Tu veux m'épouser à cause d'un pacte qu'on a fait quand on était gosses ? Tu me connais à peine.

Je ne peux m'empêcher de rire.

— Tu devrais voir ton visage. Quelle horreur ! Te marier avec moi. Même si…

Je bande un biceps.

— Arrête, dit-elle en riant.

Je lui donne un coup de coude.

— Nous avons vraiment fait un serment solennel avec mes cartes dragons. Le plan était de jouer au poker toute la nuit, toutes les nuits, quand nous serions un couple marié. J'étais assez enthousiasmé par ça.

Elle secoue la tête avec un sourire.

— Tu te souviens de beaucoup de choses à propos de l'époque où nous étions enfants.

— Je ne t'ai jamais oubliée, Sara, dis-je en retrouvant mon sérieux. J'ai toujours espéré que tu allais bien. J'avais vraiment envie de garder le contact.

Ses yeux verts s'adoucissent et elle détourne la tête.

— Je suis désolée de ne pas l'avoir fait. La vie a été très dure pendant longtemps, mais je vais mieux, maintenant.

— Où es-tu allée ? Qui s'est occupé de toi ?

— Chloé et moi avons emménagé à Brooklyn avec mon oncle Rob. Le petit frère de ma mère. Ne t'inquiète pas. C'était quelqu'un de gentil.

Sa voix se coince dans sa gorge et elle pointe le doigt devant elle.

— Ooh. Cet endroit fait les meilleures pizzas de la ville.

C'est pour ça que je n'arrivais pas à trouver son numéro ou son adresse. L'appartement devait être au nom de jeune fille de sa mère, puisqu'il s'agissait du petit frère de sa mère. Je cherchais un Travers.

Je reporte mon attention sur elle.

— Tu as envie d'une pizza ?

— Non. Je t'indique juste les meilleurs endroits, vu que tu viens d'arriver en ville.

Je la laisse me faire la visite, qui consiste principalement en des endroits où elle aime manger, ainsi que la meilleure boutique de vêtements vintage. Je sais quand laisser tomber un sujet sensible. J'apprécie de pouvoir apprendre à nouveau à la connaître. Maintenant, tout ce dont j'ai besoin, c'est de me faire inviter à ses parties.

Je parie que ce sera fait d'ici la fin de la soirée.

4

Sara

Je suis sous le choc. Comme si j'avais une expérience hors du corps, assise à ce bar avec Adrian, mon cerveau tentant lentement de suivre le rythme. C'est comme si je l'avais fait apparaître par la force de mes pensées. Mes cartes dragons portebonheur se retournent, je pense à Adrian et envisage de reprendre le contact, et soudain, il est sur le pas de ma porte !

Adrian est passé d'un garçon gentil et mignon à un homme foutrement sexy. Ça m'embrouille vraiment la tête. Il a les mêmes cheveux brun sombre épais, les mêmes yeux noisette chaleureux, mais le reste ! Seigneur. Mes hormones sont en pleine rébellion. Je prie pour qu'il ne se soit rendu compte de rien. J'ai l'impression de rougir de la tête aux pieds. Il fait au moins un mètre quatre-vingt, a les épaules larges et une carrure musclée. Il y a un début de barbe sur sa mâchoire carrée. Des poils sombres, délicieux. Ses lèvres sont sensuelles et donnent envie de les embrasser. Et sa voix ! Si grave et sexy. Il sent les épices et le sexe. Je veux dire, les épices et la masculinité.

Je ne coucherai *pas* avec lui. C'était un bon ami avant que ma vie ne soit divisée brutalement en un avant et un après. Je ne pourrais jamais le traiter comme une simple passade, et je ne suis pas prête pour une relation. C'est trop risqué, ce sera trop douloureux quand il partira, et je sais qu'il le fera. Il est lié au casino de Villroy, un endroit que je n'ai plus jamais envie de revoir, et je suis liée à cette ville, à Chloé. Elle a besoin de moi. Je suis sa gardienne légale et la seule mère dont elle se souvienne. Sans parler de ces parties fantastiques que j'organise ici, qui paieront les études de prépa de ma sœur et sa fac de médecine. Je ne peux pas abandonner le meilleur job que j'aie jamais eu.

Je l'ai épié en ligne, au fil des années – un secret honteux dont je n'ai jamais parlé à personne, pas même à ma sœur. Il était ma faiblesse, mon seul point faible, un rêve qui m'a aidé à traverser des moments difficiles. Mon héros, mon prince, qui viendrait un jour me chercher. Je bluffais, tout à l'heure, trop embarrassée pour admettre que je me souvenais du pacte. Une partie secrète de moi-même s'imaginait qu'il se réaliserait et que ce serait comme dans un rêve romantique – mon doux prince et moi vivrions heureux pour toujours, à jouer au poker dans une maison assez grande pour y inclure ma sœur. Je me suis toujours imaginé acheter une maison juste en dehors de la ville, avec une cour pour nos enfants et un chien. Un rêve si simple et si ordinaire, de vivre en banlieue, que je n'ai jamais cru pouvoir se réaliser. Sa place est à Villroy, c'est son royaume, et ma place est ici. Je n'aurais jamais cru revoir Adrian après n'avoir pas répondu à ses premières tentatives pour renouer le contact. Pourtant, par je ne sais quel miracle, il est là. C'est comme si mes rêves étaient devenus réalité.

Quelle petite fille ne rêve pas d'épouser un prince et de devenir une princesse ? Je ne me suis jamais intéressée à la partie princesse. Je rêvais d'épouser un prince qui serait mon égal au poker, pour qu'on puisse jouer ensemble jour et nuit. Je comprenais à peine ce qu'était le sexe, à l'époque. Tout ce que je savais, c'était que cela impliquait d'être nu, ce qui semblait embarrassant.

C'est si bizarre, comme le voir en personne m'affecte. Je savais à quoi il ressemblait grâce aux photos sur internet. Il projette de puissantes phéromones, ou de la testostérone, je ne sais pas, mais je suis ridiculement troublée par lui. Je savais qu'il était allé à Cambridge, comme il en rêvait, et j'étais heureuse de le voir prêter son nom à des causes charitables, et je savais qu'il possédait le casino et le gérait. Je l'ai vu fréquemment en compagnie de belles femmes, jamais avec la même. Je ne le juge pas. C'est un prince sublime d'une vingtaine d'années, ce qui veut dire qu'il n'a pas besoin de se caser. Et moi ? Je n'ai plus été avec un homme depuis un moment. Peut-être six mois ? Oh, merde. Ça fait neuf mois. Je me sentais seule, le soir du Nouvel An, et Chloé dormait chez une amie, alors j'ai ramené un type chez moi depuis un bar. Je ne l'ai jamais revu, ce qui m'allait très bien.

Alors maintenant quoi ? Nous venons de terminer nos verres. Adrian a pris une bière. J'ai bu un verre de tequila, ce qui n'a rien fait pour me calmer. Je le connais, pourtant sans le connaître vraiment, de plus mon cerveau n'arrive pas à concilier mes souvenirs avec qui il est aujourd'hui. Ce doit être à cause des hormones, qui se mettent au milieu de tout ça. Je dois le traiter comme j'ai traité sa sœur – de manière amicale, ensuite ce sera *au revoir, restons en contact.*

Il se penche tout près de moi, sa voix grave grondant dans mon oreille, et je réprime un frisson.

— Tu veux passer à une table et commander à dîner ?

Est-ce que je veux passer plus de temps avec lui ?

Il sourit, ses yeux noisette étincelants de bonne humeur.

— Tu as bien dit que tu n'avais que de la laitue flétrie, chez toi. Que dirais-tu d'une salade fraîche ? Et peut-être un steak pour aller avec ?

Je ris.

— De la salade fraîche avec un steak, ça m'a l'air d'une très bonne idée.

Nous sommes dans un fantastique restaurant-grill.

— Je n'essayais pas de me faire payer un dîner. J'apprécie juste l'atmosphère détendue du bar, ici.

— Je n'ai jamais cru le contraire.

Il fait signe à une serveuse, qui se précipite vers lui. Elle est prise dans le champ de force de testostérone d'Adrian, ou peut-être qu'elle le reconnaît. Le dernier prince célibataire de Villroy. Ses grands frères sont tous mariés, maintenant.

Je lui jette un coup d'œil, et il m'adresse un petit sourire qui me réchauffe tellement que je dois détourner la tête. Je ne suis pas habituée à des sentiments si intenses. Adrian était mon premier baiser, et j'en suis si heureuse. C'était *parfait*. Tous mes baisers après le sien étaient bâclés, mouillés, trop mous ou trop durs. Horriblement imparfaits. Et quand j'ai grandi, et que je suis devenue plus difficile quant aux personnes que j'embrassais, ils sont devenus sans importance. Le simple portail menant à l'événement principal. J'aime le sexe, mais une fois que c'est fait, c'est terminé pour moi.

Quelques minutes plus tard, nous sommes guidés vers une table de bois sombre pour deux, dans un coin privé au fond de la salle. Son garde rôde près de l'entrée de l'espace.

Adrian tire une chaise pour moi et la replace une fois que je suis assise. Je me souviens de ça, ses manières de gentle-man. On leur apprend ça au palais. Même à douze ans, il ouvrait les portes pour les filles. Je n'ai jamais accordé beau-coup d'importance au fait qu'il était un prince, jusqu'à ce qu'on devienne plus grands. Quand on s'est rencontrés à huit ans, il n'était que l'acolyte ennuyeux de ma merveilleuse nouvelle amie, Silvia. J'étais si heureuse de la découvrir sur la plage, un jour, parce que Chloé était un bébé de un an barbant. En fait, ce premier été, je trouvais qu'Adrian était dégoûtant, parce qu'il courait sur la plage avec du sable collé à lui, sans jamais se soucier de le nettoyer. Il mettait toujours du sable partout sur nos serviettes et nos chaises. En plus, il enfournait des sandwichs dans sa bouche et mâchonnait avec de grosses joues d'écureuil. *Les garçons ! Beurk !* Comme les choses peuvent changer.

Je dois maintenir une légèreté dans cette rencontre avec Adrian. Aucune attente, juste une visite amicale. C'était plus facile avec Silvia. Elle a discuté gaiement des livres sur lesquels elle travaille pour la maison d'édition jeunesse où elle bosse. Adrian est plus réservé, ce qui me donne envie de combler le silence, mais je dois faire attention à ne pas trop me confier. Je ne peux me permettre de me rapprocher suffisamment pour souffrir quand il partira.

— Combien de temps vas-tu rester en ville ? demandé-je une fois qu'il s'est assis en face de moi.

— Jusqu'à jeudi, répond-il. Les week-ends sont animés, au casino.

— Ah, une visite brève. Dommage. Mes parties ont lieu les mardis et les jeudis, alors tu vas rater la deuxième.

— Je serai là demain, dans ce cas.

Il se penche en travers de la table et ajoute :

— Je jouerai mal, et ils seront ravis de voir les jetons s'accumuler.

Je rougis et mes joues se réchauffent, juste parce qu'il s'est rapproché. Il est juste incroyablement sexy. Calme-toi ! Je m'occupe les mains, plaçant ma serviette sur mes genoux.

— Ils n'aiment pas les gens qu'ils ne connaissent pas.

— Tu pourras te porter garante pour moi. Et puis, il doit bien y en avoir un, parmi eux, qui a entendu parler de moi. On parle beaucoup de ma famille dans les médias, dernièrement, entre le spa de jour et mon casino.

Il se frappe le torse des deux mains.

— Je suis un prince, tu sais.

Je roule des yeux.

— Oui, je sais. C'est juste que je ne crois pas…

— Je parie que tu es trop dégonflée pour m'inviter à ta partie.

Mes poils se hérissent.

— Je ne suis pas une dégonflée.

Puis je réalise ce qu'il vient de faire, faisant appel à l'enfant de douze ans au fond de moi.

— Bien essayé, dis-je.

Il affiche un sourire narquois.

La serveuse arrive et nous parle des spécialités, avant de demander ce que nous aimerions boire.

— Tu veux qu'on partage une bouteille de vin ? propose-t-il.

Oh mon Dieu. Ce serait une très mauvaise idée. Je peux devenir très laxiste quand je bois trop.

— Je vais m'en tenir à l'eau. Prends ce que tu veux.

— On va tous les deux prendre de l'eau, dit-il.

Une fois qu'elle est partie, Adrian m'étudie. Il trouve peut-être étrange, lui aussi, de me voir en tant qu'adulte. Je doute qu'il ait vu la moindre photo de moi sur internet, ces dernières années, mis à part la photo de profil distante et floue que j'ai postée sur le réseau social où j'ai ouvert un compte il y a des années. C'est vraiment la première fois qu'il me voit.

Il place la main à plat sur la table devant moi.

— D'accord, jouons cartes sur table. Silvia est inquiète à propos de tes parties, et je lui ai dit que je jetterai un œil. Je ne compte pas tout gâcher ou y mettre fin. Je vais simplement regarder et dire à Silvia qu'il n'y a aucune raison de s'en faire.

Je laisse échapper un soupir. Je suis contente qu'il soit direct avec moi, alors je fais la même chose.

— Il n'y a *aucune* raison de s'inquiéter. Tu peux lui dire tout de suite.

— J'ai besoin de voir par moi-même.

— J'apprécie ton inquiétude, mais tu n'as aucun droit de jouer les amis machos surprotecteurs avec moi, dis-je entre mes dents. Tu ne me connais pas assez pour avoir la moindre autorité sur moi.

Je lève un doigt en l'air et continue :

— Non pas que je te laisserais jamais avoir la moindre autorité sur moi. Je me débrouille très bien toute seule depuis des années, alors calme-toi. Tout va très bien.

Il émet un petit rire.

— Ami macho. C'est nouveau, ça.

Je réfrène un sourire.

— Je suis contente que cela te plaise.

— Je suis très calme, dit-il en m'adressant un sourire charmeur, les yeux pétillants. Allez, il y a toujours de la place pour moi dans une partie. Les gens connaissent ma réputation de requin aux cartes. Les bons joueurs veulent pouvoir dire qu'ils m'ont battu. Si tu as des joueurs corrects, je les laisserai gagner.

— Tu es prêt à perdre ? Tu *détestes* perdre. Tu es aussi compétiteur que moi.

Ses yeux noisette sont francs ; rivés sur les miens.

— J'ai appris que parfois, d'autres choses étaient plus importantes.

Je déglutis avec difficulté. Est-ce qu'il veut dire que *je* suis plus importante ? C'est presque comme s'il avait des sentiments pour moi, mais est-ce possible, après toutes ces années ?

— Silvia te casse les pieds avec ça, c'est ça ?

Il hausse une épaule.

— Tu connais Silvia.

Je la connaissais. Je la connais encore, en quelque sorte. Elle est restée la même bonne vieille Silvia – douce et chaleureuse. La fille d'à côté, sauf que c'est une princesse. Ce détail ne s'est jamais dressé entre nous, parce qu'elle n'a jamais fait toute une histoire de son statut de princesse. Elle semblait toujours un peu embarrassée par son garde et sa domestique, Marie, qui servait également de baby-sitter et qui était avec Adrian et elle depuis leur naissance.

— Quel est le prix d'entrée ? demande-t-il.

— La table est complète. J'ai déjà mes dix joueurs.

— Réponds à la question, juste pour me faire plaisir. Il y a un steak à la clef pour toi.

Je me demande si j'ai envie de répondre. Je suis sûre qu'il a l'argent nécessaire pour se joindre à la partie. Je pourrais toujours me servir de lui comme remplaçant. Je ne suis pas sûre de vouloir qu'il soit là. Tout le monde se connaît, et a de bonnes relations. Sergei s'attend à ce que j'arrive avec Vic, le gérant de fonds spéculatifs, même s'il ne m'a toujours pas recontactée. En fait, Adrian sera peut-être même encore mieux que Vic – une célébrité avec les poches bien pleines – et s'il joue mal à dessein, ils seront ravis de l'avoir battu. Mais cela revient plus ou moins à lui demander une énorme donation à la cause, juste pour apaiser les craintes infondées de sa sœur.

— Dis à Silvia de ne pas s'inquiéter, d'accord ? dis-je en prenant le menu.

— Combien ? répète-t-il dans un grognement.

Je sursaute et fais tomber le menu, un élan d'excitation me parcourant. Cette voix autoritaire et grondante me fait de l'effet. C'est incroyablement sexy, mais cela vient aussi de quelqu'un qui, je le sais, est une bonne personne. Ma kryptonite personnelle – mâle alpha et tendre, une combinaison extrêmement rare que je n'ai rencontrée que dans des romans que je n'admettrai jamais lire sur mon téléphone. J'ai une réputation de New-Yorkaise dure à cuire à protéger.

Je me lèche les lèvres, avant de lâcher :

— Cinquante mille.

Il laisse échapper un soupir étonné.

— Tu es en train de me dire que tu as un demi-million de dollars sur la table avant même que les premières cartes soient distribuées ?

— Chut.

Il se penche en avant et murmure :

— Tu prends un pourcentage ?

— Non.

Un prélèvement ou le fait de prendre un pourcentage rendrait les parties illégales. Tout est complètement réglo – je paie mes taxes en tant que planificatrice d'événements, ce que je suis. Pas de prélèvement, pas de drogue, juste de la vodka et des hommes à la recherche de l'afflux d'adrénaline d'une bonne partie.

Ses yeux aiguisés m'étudient, et j'ai l'impression qu'il cherche mon âme pour connaître la vérité. La vérité ? Je ne laisse jamais personne percer mes murs. Je dois faire de gros efforts pour ne pas me tortiller sur mon siège.

— Les pourboires doivent être énormes, finit-il par dire.

— Mieux que ceux que je me fais en tant que serveuse.

Et que mon boulot comme responsable administrative, ajouté-je mentalement. Mieux que les deux combinés.

— Dans ce cas pourquoi est-ce que tu vis dans un studio ?

— C'est pratique.

— Où ont lieu les parties ?

Je reprends le menu et l'étudie, espérant qu'il comprendrait le message. Je ne veux plus répondre à ses questions. Il ne comprend pas le message *du tout*. Je peux presque sentir ses yeux faire un trou dans le menu entre nous, et une tension palpable fait vibrer l'air. Quand on est un mâle alpha, ce n'est pas seulement quand la température se réchauffe, mais *tout* le temps. Clairement, il tient bien l'attitude autoritaire, assurée et protectrice, mais je n'ai pas besoin de quelqu'un pour veiller sur moi.

— Tu es la seule femme, là-bas ? demande-t-il.

Je continue d'étudier le menu. Il me l'arrache des mains.

— Arrête de te cacher derrière le menu et réponds-moi.

J'ai des papillons dans l'estomac. Merde. Je ne veux *pas* être excitée par Adrian Rourke. Il est la seule personne qui pourrait facilement m'atteindre, et je ne peux risquer d'endurer la douleur qui s'ensuivrait si je le laissais se rapprocher. Il va partir. Tout le monde part.

J'évite son regard et prends une profonde inspiration, m'efforçant de me calmer. Il est lié à Villroy, et il part jeudi. Je peux gérer ça. C'est juste un vieil ami qui veut me protéger, parce que c'est ce qu'il fait. Il a un complexe du héros. Oh, je me sens tellement mieux, maintenant. Voilà ce qu'il se passe. Je l'ai qualifié de héros, une fois, et maintenant il pense qu'il doit jouer les héros pour moi.

Je croise son regard.

— Parfois, certains des hommes amènent leur dernière petite amie en date, alors je ne suis pas toujours la seule femme. J'ai un croupier à qui je peux me fier. Je suis juste l'organisatrice.

— Organise les choses pour que je puisse participer, ordonne-t-il.

Alpha. Héros. Pourquoi est-ce que j'aime ça à ce point ? Je suis une femme indépendante.

Je me penche en avant.

— Pourquoi te soucies-tu de ce que je fais ?

Il se penche tout près de moi, et ma respiration se bloque dans ma gorge.

— À ton avis ?

J'émets un hoquet et recule.

— Je n'en ai aucune idée. On se connaît à peine.

— OK, alors apprenons à nous connaître, dit-il en levant une main. Demande-moi tout ce que tu veux, et ensuite je te demanderai ce que j'ai envie de savoir, jusqu'à ce que nous ayons à nouveau atteint le stade de l'amitié, et ensuite…

Il baisse la voix jusqu'à prendre un ton ardent qui me rend humide entre les jambes.

— Tu me dis ce que tu fabriques avec ces parties, que tu refuses de me laisser regarder.

— J'adore ta voix, laissé-je échapper.

Elle ne sonnait pas du tout comme ça, à douze ans.

Il se redresse.

— Ah oui ?

Je hoche la tête.

Il hausse un sourcil.

— C'est la voix qui fait de moi un mauvais directeur.

— Je suis sûre que c'est leur problème, pas le tien.

Il m'étudie un long moment.

— Tu devrais rentrer à Villroy avec moi, pour jeter un œil au casino. J'adorerais avoir ton opinion dessus. J'attendrais que ta partie de jeudi soit passée, et tu pourrais prendre le jet avec moi. Je ferai en sorte que tu sois rentrée à temps pour ta partie de mardi.

Le jet. Peut-être qu'un jour, je pourrais prononcer nonchalamment ce genre de phrase. Avec les bonnes personnes à mes parties, c'est une possibilité. Mais Villroy, c'est non. Je ne veux pas être à nouveau submergée par le chagrin, je ne veux pas prendre le risque de perdre le contrôle et d'être à nouveau en proie aux crises de panique. Je vais bien, maintenant.

— C'est tentant, mais je dois gérer l'argent le lendemain.

— Qu'est-ce que tu veux dire ?

J'agite la main d'un geste léger.

— Tu sais, pour payer tout le monde. Je récupère l'argent chez les perdants et je le donne aux gagnants.

Il plisse les yeux.

— Tu fais ça.

— Oui.

— Toute seule.

Je redresse les épaules.

— Eh bien, oui. Ce sont mes parties. Je ne vais pas envoyer quelqu'un d'autre. Ils risqueraient de se prendre une part.

Il claque une paume sur la table.

— C'est bon. Je viens avec toi à ta partie, et le lendemain aussi. Est-ce que tu finances ces parties toi-même ?

— C'est un risque, je sais, mais jusqu'ici, ça s'est toujours bien passé.

— Et s'ils décident de ne pas payer le lendemain ?

— Ils le font toujours.

Ses yeux se rivent aux miens, sa mâchoire crispée.

— Et s'ils ne le font pas, tu te retrouves dans le pétrin pour repayer les gagnants.

Je croise son regard et réponds d'une voix égale :

— Tout va bien.

— Tout ne va *pas* bien, gronde-t-il.

Mes tétons durcissent, mes seins s'alourdissant et devenant douloureux. C'est sa voix, et le fait qu'il ait vraiment l'air de tenir à moi. Je ne sais pas pourquoi c'est le cas après tout ce temps, mais il est clair qu'il essaie de veiller sur moi. *Mon héros.*

— Peu importe, dis-je avec une décontraction que je suis loin de ressentir. Tu peux venir à la partie en tant que remplaçant et me regarder faire mon travail, mais je suis sûre que tu vas mourir d'ennui. C'est un événement très ordinaire.

— Super, lance-t-il d'une voix enjouée qui ne me fait pas palpiter.

Beaucoup mieux.

Évidemment, maintenant, je dois risquer de voir les joueurs se révolter contre la présence d'un inconnu. Je ferais mieux d'envoyer un message à tout le monde et de briefer Adrian avant le jour J. Le Prince de Villroy, ça devrait les convaincre. Nous n'avons aucune célébrité à nos parties. Juste de riches hommes d'affaires. Je ne sais pas dans quelle branche ils travaillent tous, et je n'ai pas besoin de le savoir. J'ai fait quelques recherches sur eux au départ pour m'assurer qu'ils n'étaient pas impliqués dans le trafic de drogue, d'être humain ou ce genre de choses. Mon travail consiste uniquement à rendre ces moments plaisants pour eux – de la bonne nourriture, de bonnes boissons, des jetons et des cartes de qualité, une jolie table. Ce n'est pas le genre de partie qu'organisent la plupart des hommes dans le sous-sol d'un immeuble merdique. Je suis la clef pour faire en sorte que ce soit génial. J'ai même une liste d'attente de joueurs, maintenant, mais je suis difficile, et je cherche les bonnes personnes.

Le reste du dîner se passe sans heurt. Adrian laisse tomber son inquisition relative aux parties de poker pour me parler de son casino et du défi que sa gestion représente. Son plus gros souci est d'être un bon directeur, et devinez quoi ? Le simple fait qu'il se soucie d'être un bon directeur veut forcément dire qu'il en est un, pour moi. Selon mon expérience, la plupart des patrons n'en ont rien à faire. Il a juste besoin d'engager une bonne équipe.

— Je suis sûre que les choses vont bientôt s'aplanir, lui dis-je. Vous venez d'ouvrir. Laisse le temps à tout le monde de s'installer et de trouver sa place.

Il se frotte la nuque, souriant.

— J'ai toujours su que tu étais maligne.

Je souris.

— C'est un énorme compliment, venant de toi.

— Pourquoi ça ?

— Parce que tu es diplômé de Cambridge avec les honneurs.

Il incline la tête.

— Je ne t'ai pas dit que j'étais diplômé avec les honneurs. Sara Travers, est-ce que tu m'as espionné sur internet ?

J'empêche la gêne de faire rougir mon parfait visage impassible de joueuse de poker.

— Silvia en a parlé.

— Ah. Tu es allée à l'université ?

Je frotte mon doigt d'avant en arrière sur le bord de la table.

— Non. Je devais travailler. Nous avions un budget serré.

Je lève le menton et colle un sourire sur mon visage.

— Mon objectif a toujours été de permettre à Chloé d'aller à la fac, et elle s'en sort extrêmement bien. Elle a été acceptée à Columbia.

— Je suis ravi de l'entendre. Est-ce que tu as déjà songé à reprendre tes études ?

— Pour quoi faire ? Je m'en sors très bien. Et puis, je dois encore aider Chloé à entrer en école de médecine. Je ne la laisserai pas se retrouver lourdement endettée quand elle obtiendra son diplôme.

La serveuse arrive avec l'addition.

— C'est moi qui t'invite, dis-je, voulant lui faire comprendre que je m'en sors très bien et que je n'essaie pas de lui taper un repas.

Je prends l'addition, mais il me l'arrache des mains.

— Tu pourras payer le prochain dîner, dit-il en sortant son portefeuille.

Le prochain dîner ?

— Mais tu pars jeudi, lâché-je.

— On est lundi. Tu auras peut-être besoin de manger d'ici là.

Il me fait un clin d'œil et…

Je *fonds*.

Il n'y a aucun autre mot pour le décrire. Une chaleur m'envahit et je me ramollis, tous mes muscles se relaxant. Adrian a quelque chose de spécial – il est intelligent, chaleureux, et c'est vraiment quelqu'un de bien. Je le savais quand j'étais enfant, et je commence à m'en rendre compte à nouveau. Ajoutez à ça son physique sexy, et vous avez la tentation personnifiée. Je ne peux pas me laisser aspirer, je ne peux me permettre de risquer d'éprouver la douleur de me rapprocher de quelqu'un qui vit à un océan de distance.

Il me raccompagne chez moi, et la conversation est décontractée. Il me raconte les dernières nouvelles concernant sa famille. Il s'est passé des trucs assez fous, au palais. J'étais au courant de certaines choses, comme le mariage de furries (des gens en costumes d'animaux) qui a été raconté en détail et de manière hilarante dans deux magazines de mariage et partout sur internet, ainsi que la fuite de sa sœur, Emma, le jour de son mariage. J'ignorais tout de la compétition nuptiale pour la main de son frère aîné, Gabriel, cependant.

— C'est donc comme ça qu'il s'est retrouvé à épouser une roturière, dis-je. Ça a fait la une des journaux.

Il hoche la tête.

— C'était une sacrée nouvelle, sachant que Gabriel était l'héritier du trône, mais mes parents ont donné leur accord parce qu'ils ne voulaient pas voir se produire à nouveau ce qui était arrivé avec mon oncle. Est-ce que je t'ai déjà raconté cette histoire ? Comment le frère aîné de mon père est tombé amoureux d'une fille de Brooklyn, et a préféré abdiquer du trône pour l'épouser ?

Je secoue la tête.

— Je devrais chercher à les joindre aussi, tant que je suis ici, dit-il en regardant autour de lui. C'était la première fois qu'un membre de la royauté épousait une roturière de toute l'histoire de notre royaume. Ça a été un *énorme* scandale. Mon oncle a été exilé de Villroy pour toujours, ainsi que sa famille. Silvia a repris le contact avec mes cousins, ici à Brooklyn, depuis qu'elle habite aux États-Unis. J'ai six cousins que je n'ai jamais rencontrés.

— Waouh. Qui aurait cru que les roturiers étaient un si gros problème.

— Uniquement pour les héritiers du trône. Nous autres membres de la royauté du bas de la liste, nous pouvons épouser qui nous voulons. Mon frère Philipp a épousé une Américaine, lui aussi, une amie de la femme de Gabriel. Emma a épousé une rock-star britannique, Jackson Walker.

— Bravo, Emma ! Jackson est pas maaal.

Je me racle la gorge à son regard dur.

— Je veux dire, si vous êtes intéressé par tout le côté bad boy britannique. C'est à vomir, n'est-ce pas ? Je préfère de loin un garçon propret et collet monté.

— Propret, répète-t-il.

— De préférence un matheux ringard, ajouté-je, avant de

plaquer une main sur ma bouche. Je ne voulais pas parler de toi.

— Hum hum.

— Tu es l'exception à la règle. Le seul matheux qui n'est *pas* ringard.

Il lève une paume en l'air.

— Passons à autre chose.

Oups ! Je l'ai vexé.

— Tu es très viril, d'une manière tout sauf ringarde, l'assuré-je, avant de m'empresser de changer de sujet. Tu devrais vraiment rendre visite à tes cousins, ton oncle et ta tante tant que tu es ici. C'est si triste que tu possèdes tout un pan de famille que tu n'as jamais rencontré.

— Ce n'est pas vraiment triste. Je ne les ai jamais rencontrés, alors je n'ai jamais su ce que je ratais. Silvia dit que mes cousins sont bourrus et grognons.

— Oooh, j'aime les hommes bourrus et grognons.

— Oh, vraiment ? grogne-t-il d'une voix grave.

Un long frisson me parcourt et mon ventre frémit. Ah, bon sang. Maintenant, il sait comment m'atteindre. Je déglutis avec difficulté alors qu'il lève mon bras et murmure :

— La chair de poule.

Il s'immobilise, faisant glisser un doigt le long de mon avant-bras, et la chair de poule refuse de partir. Il lève ses yeux brûlants vers moi.

— Intéressant.

Nos regards se rivent l'un à l'autre durant un long moment hypnotique. Ma respiration se bloque dans ma gorge et mon pouls se précipite. L'attirance fait crépiter l'air entre nous. Ce n'est pas à sens unique. Mon instinct de conservation se déclenche et je libère mon bras de son étreinte, me remettant à marcher d'un pas vif. Je dois simplement rentrer chez moi saine et sauve et m'éloigner d'Adrian.

Il cale son pas sur le mien alors que je bavarde au sujet des meilleurs restaurants et bars dans toutes les directions possibles. Je suis troublée et j'ai chaud, et je ne ferai rien pour remédier à cela. *Évite la tentation !* Je ne m'autorise que les aventures d'un soir, et il n'est pas un candidat potentiel. À moins qu'il le soit ? J'arrête de bavarder et réfléchis à cela. Une aventure temporaire est peut-être envisageable, puisqu'il repart jeudi.

Mais nous sommes amis. Enfin, nous l'étions. Une sensation aiguë de regret me provoque une douleur dans la poitrine. Je les ai perdus, lui et Silvia, pendant si longtemps, à cause de mon propre système de défense. Mes bons souvenirs d'Adrian m'ont aidée à traverser de nombreuses heures sombres. La Sara coriace, qui sait se débrouiller toute seule. Qui ne dépend jamais de personne – indépendance, forte, *seule*.

— Tu vas bien ? demande-t-il.

— Oui, parviens-je à répondre. Si tu veux de la nourriture cubaine authentique, c'est le meilleur endroit.

Je pointe du doigt l'autre côté de la rue. J'ai repris notre visite gastronomique de Brooklyn qu'il n'a jamais demandée.

Lorsque nous rejoignons l'immeuble de mon appartement, je suis essoufflée. Je suis incapable de prononcer un mot de plus à propos de nourriture, et je suis épuisée après avoir essayé de me distraire de sa présence sexy tandis qu'il écoutait silencieusement à mes côtés.

Je m'arrête devant la porte de mon immeuble, me sentant soudain embarrassée alors que je me demande comment lui dire au revoir. D'habitude, cette partie-là est un soulagement, pour moi, avec un homme, et c'est très rapide. Je n'ai peut-être pas envie de dire au revoir.

Il se rapproche avec un sourire qui illumine son visage sublime. Sa voix est comme du miel chaud, et je me sens fondre à nouveau.

— C'était vraiment un plaisir de te revoir, Sara.

Je peux à peine respirer.

— Pareil pour moi, soufflé-je.

Je lève les mains selon un angle bizarre, ne sachant trop si nous allons nous étreindre ou nous serrer la main.

Il me prend la main, la porte à ses lèvres et dépose un baiser sur les jointures de mes doigts. Je rougis, brûlante, mon cœur rate un battement et des papillons s'envolent dans mon estomac. Je. Suis. Grillée. Cela ne me ressemble pas. Mais après tout, je n'ai jamais connu quelque chose d'aussi adorable de la part d'un homme. Pas depuis… lui.

— On se voit demain pour la partie de poker, dit-il.

Il tend la main en avant, paume vers le haut, et agite les doigts.

— Donne-moi ton téléphone, je vais ajouter mon numéro.

Je le sors de mon sac à main, le déverrouille et entre dans les contacts, avant de le lui tendre. Il pianote rapidement, ses lèvres s'étirant en un petit sourire, puis me le rend.

Je regarde l'écran. Au lieu d'écrire Adrian, il s'est ajouté en tant que « Mon Héros ». Je fixe les mots un long moment. J'avais raison. Il a vraiment le complexe du héros. C'est pour ça qu'il se montre si protecteur. C'est son truc. Je ne devrais pas m'emballer et m'imaginer qu'il éprouve quelque chose pour moi.

Je croise son regard.

— Sérieusement ?

Il sourit.

— Tu te souviens quand je t'ai sauvée des requins ?

Je déglutis avec difficulté, le cœur battant la chamade. Je n'arrive pas à croire qu'il se souvienne autant de moi que je me souviens de lui.

— Des requins ? Quels requins ?

Il incline la tête.

— Tu devrais t'entraîner un peu plus à bluffer. Admets-le, à une époque, il y a *trèèèès* longtemps, j'ai été ton héros.

— C'était il y a une éternité, dis-je doucement.

— Il semblerait qu'on ait du temps à rattraper.

Il me salue de la main, et pour je ne sais quelle raison, cela me fait sourire.

— Bonne nuit.

— Bonne nuit.

J'entre dans l'immeuble et monte jusqu'à mon appartement. Dès l'instant où je passe la porte, je sens une solitude douloureuse m'envahir. Ridicule. Je vis seule ici depuis trois semaines, maintenant, depuis que Chloé a emménagé dans sa résidence étudiante. Ce n'est pas comme si j'allais l'inviter à monter. Malgré tout, il me manque un peu. Alors, dans un geste impulsif qui me ressemble peu, je sors mon téléphone et lui envoie un message.

Tu étais bien mon héros, cet été-là. Désolée. Parfois, les vieux souvenirs font remonter à la fois le bon et le mauvais.

Aucun problème. Je peux être ton requin à la place. Ton requin aux cartes.

Je souris.

Et qui me sauvera de toi ?

Aucune chance. Tu es déjà fichue.

Je fixe les mots. Je sais qu'il plaisante, mais ça me touche d'un peu trop près. Et si j'étais vraiment fichue ? Je n'ai jamais éprouvé une réaction physique aussi intense face à un homme. Je n'ai jamais fondu non plus.

Je la joue détendue, mes pouces voletant au-dessus du clavier.

Je suis un requin aux cartes, moi aussi, et nous sommes dans un monde où les requins se mangent entre eux.

Miam.

J'éclate de rire. Miam.

Je réponds : *On devrait jouer une partie, juste tous les deux, en souvenir du bon vieux temps.*

Apparemment, je ne suis pas très douée pour garder mes distances. Adrian est irrésistible.

Il y a plus de place dans ma cabane. J'ai une suite à Soho. Ce n'est pas un trop long trajet, pour toi.

Je souris à sa référence à la cabane. Nous avons passé beaucoup de temps à jouer au poker dans sa cabane. Sa chambre d'hôtel est à un tout autre niveau de tentation. Je dois me montrer maligne. Je dois garder mes distances.

Peut-être.

Dégonflée.

Combien de choses ai-je faites, étant enfant, parce qu'il m'avait traitée de dégonflée ? Je secoue la tête, un sourire réticent jouant sur mes lèvres. Ce garçon savait comment m'atteindre. La version adulte a affaire à une femme différente. Du genre qui protège sa vulnérabilité à tout prix.

Je lui dis brièvement au revoir : *Bonne nuit, Adrian.*

Bonne nuit, Sara, et joyeux anniversaire en retard.

Je fixe le téléphone, à nouveau désarçonnée. Il me rappelle que nous avons tous les deux vingt-cinq ans, maintenant, et que nous avons fait un pacte. Je laisse tomber mon téléphone à l'envers sur mon canapé comme s'il était brûlant.

Du calme. Tu es juste perturbée après le choc de l'avoir trouvé sur le pas de ta porte.

Malgré tout, j'enfile mon pyjama pour ne pas être tentée de sauter dans le train pour me pointer à son hôtel.

5

———

Adrian

La partie de poker de Sara a lieu ce soir dans un manoir victo-
rien de Brooklyn au coin d'une rue. Je ne savais pas qu'il y
avait des manoirs à Brooklyn. Je pensais qu'il n'y avait que
des immeubles d'appartement, comme à Manhattan. Nous
sommes venus jusqu'ici en voiture ensemble avec mon garde,
et elle arrive en avance, à sept heures, pour tout préparer
pour la partie de huit heures. Elle dit qu'elles peuvent durer
tardivement, parfois jusqu'à trois heures du matin, si quelqu'un est en veine. Ça me va, je suis un oiseau de nuit.

Elle porte une veste vert pâle, un chemisier blanc, une
jupe droite verte assortie et des talons beiges. Elle est magnifique, les vêtements accentuant sa silhouette en forme de
sablier, mais ce n'est pas le style que je m'attendais à ce
qu'elle prenne pour une partie de poker. Elle a apporté une
petite valise à roulettes noires, avec ses affaires de poker à
l'intérieur.

Je la suis en haut des marches d'un large porche, et
quelques instants plus tard, une femme blonde et potelée
portant une robe à fleurs nous fait entrer.

— Bonjour, Mlle Sara.

— Je suis contente de vous revoir, Mme Kay, dit Sara d'un ton chaleureux. Voici le Prince Adrian Rourke.

Mme Kay incline la tête et fait une révérence.

— Prince Adrian, bienvenu.

— Merci. Ravi de vous rencontrer, Mme Kay.

Je fais un geste derrière moi et ajoute :

— Voici Jack, mon garde. Il voyage partout avec moi, par précaution. C'est la règle, au palais.

— Oh ! Bonjour, dit-elle à Jack.

Jack incline la tête. Il n'est pas du genre à faire la conversation ou à sourire.

Sara entre, et nous la suivons. Il y a un escalier en colimaçon à notre droite avec une rambarde en bois sculpté, des murs lambrissés blancs courant sur toute la longueur de la cage d'escalier. Une moquette rouge et or recouvre tout le sol. Très élégant et approprié pour un manoir de l'ère victorienne.

— Sommes-nous à nouveau dans le salon ? demande Sara à Mme Kay.

— Oui, par ici.

Nous traversons le couloir, dépassant une bibliothèque sur notre gauche et un grand salon de la taille de deux pièces. Il y a deux colonnes sculptées et blanches au centre de l'espace, à l'opposé l'une de l'autre, probablement des poutres de soutien. Le salon a un haut plafond, des chandeliers en cristal, de larges baies vitrées et des moulures. Les meubles sont anciens. D'un côté, se trouve un coin salon avec des chaises en velours rouge devant une cheminée et, de l'autre côté, une grande table en acajou ovale avec d'autres chaises en velours rouge. Dix chaises. Ce doit être ici qu'ils jouent.

— Faites-moi savoir si vous avez besoin de quoi que ce soit, dit Mme Kay.

Sara sourit.

— J'attends une livraison de nourriture dans une demi-heure. J'aurais bien besoin d'un peu d'aide pour la déposer. À part ça, tout est bon.

— À qui appartient cette maison ? demandé-je à Sara dès que Mme Kay est sortie. Et où est-il ?

Je suis très curieux de rencontrer cet homme. Cela

ressemble à la maison d'un homme âgé avec une famille. Clairement pas à une garçonnière. Sara m'a dit que ses joueurs étaient tous de jeunes hommes d'affaires riches russes.

— C'est la maison d'Ivan. Nous alternons les lieux pour lutter contre la monotonie. Je ne sais pas où il est. Peut-être à l'étage, à se préparer, à moins qu'il ne soit retenu au travail. Il va arriver.

Je la suis vers la table de jeu. Le dessus est en cuir vert avec des porte-gobelets en laiton et des supports de jetons en cuivre. Très joli.

— On s'attendrait à ce qu'il arrive à l'heure, étant donné que cela se déroule chez lui.

— Il me fait confiance pour tout préparer. Je suis déjà venue ici plusieurs fois.

— Il est doué ?

— Bien sûr, répond-elle tout en déposant un batteur de cartes sur la table. Ils sont tous bons.

Je la regarde installer ses propres paquets de cartes et jetons. Puis elle sort une petite caisse d'argent en métal et la dispose discrètement sur une table de chevet, dans un coin de la pièce.

— Tu repars chez toi avec cet argent ? demandé-je. Le demi-million du prix d'entrée ?

— Il finit par être reversé, aux joueurs demain, en plus des paris additionnels que je collecte.

Je serre les dents, m'efforçant de garder une voix égale.

— Et tu rentres chez toi toute seule, à pied, avec tout cet argent liquide dans ta valise ?

— Je rentre en taxi, en passant par une application sur mon téléphone, c'est facile comme bonjour.

Elle m'adresse un regard irrité et continue :

— Je ne vais pas rentrer à pied dans le noir à trois heures du matin. En plus, j'ai une bombe lacrymogène.

Devant mon regard dubitatif, elle ajoute :

— Je ne peux pas m'offrir un garde du corps, d'accord ? Et ça ne ferait qu'attirer encore plus l'attention sur moi, de toute façon.

Je n'aime toujours pas ça, mais je garde la bouche close. Je suis ici pour observer comment se passent les choses, pas pour interférer. Je ne la pousserai pas à quoi que ce soit avant de tout savoir.

Jack se positionne dans un coin de la pièce, et je le guide de l'autre côté du salon. La dernière chose dont j'ai envie, c'est que les joueurs pensent qu'il me donne des informations. Je me retourne en entendant une voix masculine saluer Sara de manière joviale.

Il a trente ans tout au plus, des cheveux brun foncé coupés court et porte un costume bleu marine. Il sourit tout en s'avançant vers elle.

— Quel plaisant accueil à mon retour du travail, dit-il avec un fort accent russe, avant de se pencher pour déposer un baiser sur sa joue. La radieuse Sara.

Elle lui adresse un sourire rayonnant. *La radieuse Sara.*

— Merci, Ivan ! Je suis heureuse de vous voir.

— Si seulement vous étiez là tous les jours à mon retour à la maison, dit-il chaudement.

Je m'avance vers eux pour couper court à cette séance de flirt.

Sara pose une main sur le bras d'Ivan.

— C'est le remplaçant dont je vous ai parlé, le Prince Adrian Rourke.

— Bienvenu dans mon humble maison, Votre Altesse, répond Ivan avec un salut de la tête.

— Merci.

Je tends la main et il m'offre une poignée de main à me broyer les doigts. Je ne saurais dire s'il s'agit d'un geste amical ou pas. Les poignées de mains peuvent varier selon la culture, mais quelque chose me dit que c'était une démonstration de pouvoir.

— Je vais aller me changer pour porter quelque chose de plus confortable, dit-il, avant de quitter la pièce.

— La radieuse Sara, me moqué-je dès qu'il est hors de portée de voix.

— C'est ce que je fais, répond-elle. Tout est léger et plaisant avec la radieuse Sara. Je suis la meilleure des hôtesses.

— Qu'est-ce qu'il fait dans la vie ?

Elle regarde son téléphone.

— Il a parlé d'une histoire d'import/export dans l'électronique, une fois. Ce sont tous des hommes d'affaires prospères.

Je baisse la voix et demande :

— Tout est légal, dans son entreprise d'import/export ?

— Je ne pose pas de questions, répond-elle en levant les yeux de son téléphone. Yuri aura une heure de retard. Tu vas pouvoir participer à la première manche.

— Ça me va.

— Assieds-toi. Je vais aller préparer les boissons.

Mais avant qu'elle ait pu y aller, un autre homme, la cinquantaine, des cheveux brun foncé et une peau marron clair, entre dans le salon. Elle l'accueille chaudement, avant de se tourner vers moi.

— Voici notre croupier, Gustavo, dit-elle. Gustavo, je te présente le Prince Adrian.

Gustavo incline brièvement la tête.

— Ravi de vous rencontrer. Je n'ai jamais eu un membre de la royauté à ma table.

Je souris.

— Je suis à peu près comme tout le monde. Sauf que de temps en temps, je sors ma couronne pour m'assurer que tous les joyaux sont encore dessus.

Il rit, puis se dirige vers la table de jeu. Sara se rend dans la cuisine.

Je me dirige vers l'espace salon près de la cheminée et sors mon téléphone, vérifiant que tout va bien à la maison. J'ai plusieurs e-mails d'Emma – mon investisseur jusqu'alors silencieux – qui dirige maintenant le casino à ma place avec Jackson. Elle est énervée, se plaignant de n'être prévenue des choses qu'après qu'elles ont mal tourné, et quand elle ne peut plus rien y faire. *Bienvenue dans mon monde !* Je suis content que ça n'arrive pas qu'à moi. Elle dit aussi que le restaurant avait un stock insuffisant de homard, ce qui est vraiment stupide, vu que c'est l'une des exportations majeures de Villroy. Les fleurs qu'elle a commandées ne sont jamais arrivées, mais elle a dû les payer quand même. Et un invité masculin lui a peloté les fesses quand elle est passée à une table de black-jack pour demander si tout le monde s'amusait. Jackson a fait sortir le type avant que les agents de sécurité aient eu le temps d'approcher.

Eh bien, eh bien, eh bien. Pas facile de se mettre à ma place. Je sais que c'est mal, mais je suis content que les choses ne soient pas aisées pour elle. Je commençais à penser que le problème venait de moi, plutôt qu'uniquement de l'aspect exigeant de ce job.

Sara et Mme Kay reviennent dans le salon avec des plateaux où sont posés des verres, de la vodka et des cornichons. Intéressant.

Peu de temps plus tard, la nourriture arrive. Je m'attendais à ce qu'il s'agisse de nourriture russe traditionnelle, mais au lieu de ça, elle a commandé du Dim Sum, un plateau de fromages avec des olives et des crackers, et des plats individuels de boulettes de viande. Mme Kay sort de la cuisine avec du caviar et des biscuits noirs.

— Est-ce que tu changes de menu à chaque partie ? demandé-je à Sara.

— Oui. C'est toujours une surprise, et j'essaie d'apporter de petits amuse-gueules légers. Je ne veux pas qu'ils soient léthargiques pendant les parties. Juste de petites bouchées pour les maintenir en alerte et pour qu'ils passent un bon moment. Tout ça vient d'un service de livraison. Ils passent par les meilleurs restaurants du quartier et nous livrent.

— Quel autre genre de nourriture est-ce que tu peux obtenir de ce service de livraison ?

— On a beaucoup d'ethnicités différentes, ici. Il peut s'agir de cuisine des Caraïbes, russe, juive, italienne. On a un peu de tout. J'évite la pizza, à cause du poids que ça laisse sur l'estomac.

— Et tu t'en tiens à la vodka. Pas de bière ou de vin.

Elle hausse une épaule.

— J'ai essayé la bière, mais ils préfèrent la vodka. Ils aiment porter beaucoup de toasts. Garde ton verre en l'air jusqu'à la fin du toast, et ensuite vide-le d'une traite. C'est la coutume.

— Je sais. Est-ce que tout le monde finit ivre à la fin de la soirée ?

— Non. C'est un petit verre, ils mangent entre-deux, et ils ont une haute tolérance, j'imagine.

— Et toi ?

Elle se penche vers moi et murmure :

— Parfois, je le recrache dans mon verre coupé au jus de canneberge. Généralement, il n'y a que moi et les femmes qui les accompagnent occasionnellement qui coupons notre boisson. Les hommes préfèrent boire leur vodka pure.

— Tu as vraiment pris le temps de comprendre leur culture, n'est-ce pas ?

— Il y a une grosse communauté russe à Brighton Beach, l'un des quartiers de Brooklyn. Je connaissais déjà leur culture et, crois-moi, ils me le font savoir haut et fort, quand ils n'apprécient pas quelque chose.

Le reste des hommes arrive à quelques minutes d'écart, et Sara me présente à eux. Ils ont l'air un peu éblouis, s'inclinant et me dévisageant, alors j'essaie de les mettre à l'aise, les remerciant de m'avoir laissé me joindre à leur partie en l'absence de Yuri. Il y a Mikhail, Alexy, Roman, Kirill, Vlad, Sergei et deux Dimitri.

Je me retrouve ensuite complètement perdu, alors que la conversation passe entièrement en russe. Je me demande si Sara sait ce qu'ils racontent, et l'ampleur de ce qu'elle rate pendant les parties, et qui pourraient indiquer un problème dont elle n'a pas conscience. L'ignorance n'est pas une bénédiction, s'agissant des parties de poker à enjeux élevés.

Je les regarde saluer Sara chaudement, l'embrasser sur la joue et l'appeler leur Radieuse Sara. Elle est rayonnante, chaleureuse et amicale. Ils ont tous envie d'elle. Je ne suis pas parano. Les hommes savent ce genre de choses. Elle est célibataire et sexy, et il n'y a aucune petite amie ici. Juste neuf hommes de la vingtaine ou la trentaine, certains portant des tee-shirts et jeans décontractés, d'autres en chemise et pantalon, tous la reluquent discrètement, de sa poitrine ferme à sa taille fine, en passant par l'arrondi de ses hanches clairement souligné par sa tenue. Je suis le seul à avoir le droit de la reluquer, parce que je suis son héros. Je veille sur elle tout en réfrénant mon propre désir. Rien que ça, c'est héroïque.

Sara se dirige nonchalamment vers le coin de la pièce où se trouve la caisse d'argent. Ils sont de bonne humeur lorsqu'ils la suivent, lui tendant chacun une liasse de billets pour leur prix d'entrée, qu'elle accepte tout en discutant avec eux comme si l'argent était hors de propos.

Je lui tends mon argent en dernier. Elle ne fait pas la conversation avec moi, se contentant de ranger les billets en silence, de verrouiller la boîte et de la placer dans sa valise. Les hommes sont en train de parler ensemble comme s'ils étaient de vieux amis, se donnant occasionnellement une tape dans le dos. Je suis curieux de savoir comment ils gagnent leur argent, mais je la joue détendue. Je verrais bien comment se déroulent les choses.

D'abord, tout le monde pille la table de nourriture tout en parlant bruyamment. Sara ne se joint pas à eux, restant assise tranquillement près de la table de jeu, une expression plaisante sur le visage comme si elle appréciait de les voir s'amuser. Je me sers un peu de Dim Sum. Personne ne me parle, même si je reçois quelques sourires amicaux et saluts de la tête. J'hésite à interrompre leur conversation en russe. Une fois que tout le monde s'est servi, Sara verse de la vodka dans les verres à shot. Cela semble être un indicateur que la partie va commencer, parce que les assiettes sont laissées sur la table et que tout le monde se dirige vers la table de jeu avec son verre.

Ivan vient se placer à côté de la table de jeu.

— Avant de jouer, portons un toast.

Il lève son verre bien haut, et nous suivons tous le mouvement. Ivan lève son verre vers Sara, puis vers moi.

— À notre meilleure des hôtesses et son ami royal.

Tout le monde fait claquer son verre et le vide d'une traite. *Wouah ! Ça brûûûle.* Je réfrène une grimace. Je suis plus un buveur de bière que de vodka, mais quand on est à Brooklyn…

Finalement, tout le monde s'assoit à la table de jeu. Sara

annonce la première manche sous l'acclamation joviale des hommes.

Le croupier commence, et la conversation passe en anglais, probablement pour moi. Les hommes échangent des plaisanteries au sujet de qui a mangé trop de pizza et commence à avoir du ventre.

Je suis prêt à perdre, mais je dois faire en sorte que ça ait l'air crédible, pas comme si je l'avais fait exprès.

La moitié des hommes sont faciles à lire, regardant leurs cartes cachées dès qu'elles ont été distribuées, leur expression ravie ou déçue. Je ne suis pas le seul à voir leurs tics. Deux des joueurs jouent comme des pros – sans émotion, mais observateurs.

— Vous jouez ensemble depuis longtemps ? demandé-je avec décontraction.

— Depuis août, répond Alexy. Ivan a été présenté à Sara par Sergei. Nous nous connaissions tous par des biais différents, et notre groupe a grandi peu à peu jusqu'à ce qu'on soit dix.

— Nous avons commencé à cinq, dit Sara. Je pense que c'est plus drôle à dix, pas vous ?

— J'aime aussi, dit Alexy.

Il y a une série de sons approbateurs, puis quelqu'un propose un autre toast à eux dix. Je prends le verre et aperçois Sara alors qu'elle se glisse vers le coin de la pièce pour son jus de canneberge. Je parie qu'elle a recraché celui-là aussi. Je me sens vraiment bien et détendu, maintenant. Je devrais me prendre quelque chose pour couper l'alcool, moi aussi, pour ne pas dévier vers l'ivresse et perdre de vue mon objectif. Je me fiche que les hommes ne coupent jamais leur alcool. Comme ma jumelle aime le faire remarquer quand je fais ce que je veux, je suis assez à l'aise avec ma masculinité pour le faire. Et puis, je suis en mission pour m'assurer que Sara n'est pas en danger. C'est déjà bien assez viril. Ah !

Je ne veux pas me lever de la table, alors je fais signe à Sara avec un geste très clair, inclinant un verre imaginaire à mes lèvres.

— Plus de vodka ! lance Ivan à Sara. Le prince veut plus de vodka.

— Un jus pour couper l'alcool serait pas mal non plus, dis-je en lui adressant un regard entendu.

Elle sourit.

— Je m'en occupe.

Je m'en tiens à la méthode de Sara, me servant du jus de canneberge pour y recracher nonchalamment ma vodka, pour le prochain verre. Ils passent tous un excellent moment.

Une heure plus tard, j'ai perdu à dessein, et plusieurs des hommes ont une étincelle de triomphe dans les yeux. Je ne perds pas une grosse somme. Juste assez pour rendre tout le monde heureux.

Sara se tient silencieusement en arrière-plan, l'air d'apprécier d'être ici comme hôtesse. Elle ne commente pas les victoires ou les défaites, se contentant d'intervenir quand on s'adresse à elle, ce qui est de plus en plus fréquent à mesure que la soirée avance. Rien que des discussions chaleureuses et amicales. Personne ne dépasse les bornes, alors je me détends.

Yuri arrive, un homme de haute taille d'une vingtaine d'années, aux cheveux brun foncé lissés en arrière et à la barbe soigneusement taillée. Les hommes l'accueillent gaiement. Sara nous présente, puis je quitte la table pour qu'il puisse prendre ma place. Je me dirige vers Sara. Normalement, je pars dès que j'ai fini de jouer, mais je veux rester près de Sara pour voir comment se passent les choses.

— Tout le monde passe un bon moment, lui dis-je à voix basse.

— C'est l'idée, répond-elle joyeusement. Un bon moment pour tout le monde. J'ai vu ce que tu as fait, avec le jus de canneberge.

— Oui, eh bien, c'était une bonne idée de ta part.

Je reporte mon attention sur la partie. Je dois découvrir les noms de famille pour pouvoir faire une recherche sur tout le monde plus tard, juste pour être sûr que tout va bien.

La soirée se déroule sans heurt. Juste quelques hommes prenant du bon temps. Il est tard quand Yuri passe à l'action, demandant aux hommes s'ils ont envie de participer à un projet immobilier. Son accent est très léger.

— Prince Adrian, vous pouvez participer aussi. J'ai une piste concernant une terre industrielle dans le Queens. C'est une valeur sûre. Le Queens est comme le prochain Brooklyn. Vous récupéreriez votre investissement au quintuple.

Il distribue sa carte professionnelle autour de la table et en laisse une pour moi au bout, la tapotant du doigt et inclinant la tête vers moi.

— J'investis dans ma terre natale, en ce moment, mais je vais y réfléchir, dis-je en m'approchant et mettant la carte dans ma poche, juste pour la référence.

Maintenant, j'ai le nom de famille de Yuri, que je pourrais chercher plus tard.

Il hoche la tête et se tourne à nouveau vers les autres hommes, se mettant à parler en russe. Certains ont l'air intéressés, et il y a quelques hochements de tête. L'immobiliser dans le Queens, ça me paraît réglo. Silvia s'inquiétait peut-être pour rien.

La partie se termine et Sergei, furieux de sa défaite, jette ses cartes et défie Ivan dans un combat à mains nues. Il le dit en anglais, et quelque chose me dit que c'est parce qu'il veut que Sara comprenne ce qu'il fait.

Sara intervient juste au bon moment, arrondissant les angles.

— Il est tard. Il y aura une nouvelle partie jeudi. Plus d'amusement, plus de chances de gagner. Et si nous élevions le prix d'entrée à cent mille ? Cela rendra plus facile de récupérer votre argent rapidement.

Sergei émet un reniflement, ses yeux noirs adressant un regard meurtrier à Ivan.

— Sois un homme et sors avec moi.

Ivan l'attrape par le col de sa chemise et l'attire près de lui.

— Sors de chez moi. Tu n'es plus le bienvenu ici.

Sara se rapproche.

— La prochaine partie se déroulera dans une suite d'hôtel. Ce sera parfait pour tout le monde. Sergei, j'espère *vraiment* vous y voir.

Il y a une note de séduction dans sa voix.

Sergei repousse vivement les mains d'Ivan et lisse sa chemise. Il se tourne vers Sara.

— Je serai là pour vous, ma belle Sara.

— À bientôt, alors, dit Sara avec un sourire radieux. Bonne nuit.

Il passe la porte d'un pas vacillant.

Est-ce qu'elle gère toujours ces hommes en flirtant ?

Dès l'instant où nous sommes de retour dans la voiture et en chemin vers son appartement, je demande :

— Combien de fois l'un de ces types t'a-t-il proposé un rendez-vous ?

Elle agite légèrement la main.

— Ne t'en fais pas pour ça. Ce ne sont que de petits flirts inoffensifs. Ils savent tous que je ne sors pas avec les joueurs, ni quoi que ce soit d'autre. Il s'agit strictement de poker et d'amitié.

— Et comment le savent-ils ?

Elle pousse un soupir.

— Parce que s'ils me proposent un rendez-vous, c'est ce que je leur réponds.

— Qui t'a invitée à sortir ?

— Juste Sergei, eh oui, je lui ai expliqué ma politique consistant à rester professionnelle.

Je serre la mâchoire, une rare pointe de jalousie me rendant plus irrité que je ne suis en droit de l'être. Sara ne m'appartient pas. Je me force à me reconcentrer sur mon objectif de ce soir. Je ne pense pas que ses joueurs soient des membres du crime organisé – ils ont l'air de types normaux –, mais je ne pense pas pour autant qu'elle soit hors de danger. Je m'inquiète au sujet des risques qu'elle prend en gérant l'argent, à la fois lorsqu'elle rapporte le prix d'entrée chez elle et quand elle va récupérer leurs dettes.

J'ouvre la bouche pour parler du problème de l'argent, mais les mots qui en sortent sont prononcés dans un grognement possessif qui me surprend moi-même.

— Ne leur parle pas de manière séductrice. Ils vont se faire des idées.

Elle pousse un brusque soupir.

— Seigneur, Adrian. C'est quoi, ça ? Je peux parler comme j'en ai envie. Les mots doux passent bien mieux avec ces types. C'est à moi de garder la situation légère et agréable.

— En te servant de leur attirance pour toi ?

Elle hausse une épaule.

— Ce n'est pas ma faute si les hommes sont attirés par moi. C'est leur problème. Pas le mien.

— Alors tu ne trouves aucun d'entre eux attirant ?

Elle roule des yeux.

— Ils sont tous attirants. Ça n'a pas d'importance. Je suis ici pour les parties de poker et les pourboires. Je ne sors pas avec les joueurs.

Je me calme un peu. Je me rassure en me disant que ce que je prenais pour de la jalousie était en fait plus apparenté à un sentiment protecteur qu'autre chose.

— Combien as-tu collecté en pourboires, ce soir ?

J'ai vu les hommes lui tendre leurs jetons ainsi que des liasses de billets à mesure qu'ils quittaient la maison.

Son visage s'illumine.

— Soixante mille. Certains d'entre eux étaient particulièrement heureux de ta présence durant la partie, ainsi que de participer à un projet sûr avec le contrat d'aménagement du territoire. Ils se sentaient d'humeur très généreuse.

Sa valise d'argent est bien en sécurité dans le coffre de la voiture, mais quiconque étant au courant de ses parties pourrait la suivre jusqu'à son appartement pour la prendre. Elle vit seule. Elle est petite, plus que ma sœur. Mes instincts protecteurs sont parfaitement justifiés, dans ce cas.

— Tu as besoin d'un garde du corps, dis-je. Je n'aime pas l'idée que tu te balades avec tout cet argent toute seule.

— Je t'ai dit que je ne pouvais pas me le permettre. Je me renseignerai dès que j'aurais rassemblé assez d'argent pour les études de Chloé. Je dois économiser assez pour ses trois années de prépa ; ensuite, je pourrais envisager de dépenser pour autre chose. C'est un risque calculé.

— Je couvrirai les frais pour un garde du corps.

— Non. Je ne veux pas de ton argent. Tout va bien. Je n'ai

l'argent en mains que durant un court instant, avant qu'il ne soit déposé dans mon coffre.

— Ton coffre, répété-je. Et à quel point serait-ce difficile de te forcer à ouvrir ce coffre si quelqu'un entrait par effraction ?

Mon esprit envisage les pires scénarios, et je n'aime pas du tout les risques qu'elle prend.

Elle serre les dents et regarde droit devant elle.

— Et si l'un des joueurs devenait agressif après une partie ? insisté-je. Sergei a failli se battre.

Elle secoue la tête.

— Je sais comment leur parler. Et puis, je suis la clef de leurs parties. Ils adorent ça. Et chacun d'entre eux est ravi d'être là. J'ai même dû refuser certaines personnes. Je les ai examinés à l'avance en fonction du contenu de leur compte en banque et de leur capacité à jouer. C'est un honneur de participer à une partie Sara Travers.

Je n'aime toujours pas ça, mais je vais attendre de voir comment les choses se passent demain, quand elle collectera et redistribuera l'argent. Elle n'est peut-être pas à moi, mais elle reste ma Sara, de mes étés dorés et insouciants. Il ne peut rien lui arriver.

Je tire sur une mèche de ses cheveux. Ils sont aussi doux et soyeux qu'ils en ont l'air.

— C'est un honneur de participer à une partie Sara Travers. Waouh, tu es vraiment quelqu'un de spécial, hein ?

Elle sourit.

— Tout à fait. Alors, tu es rassuré sur mes parties, maintenant ? Tu peux faire ton rapport à Silvia pour lui annoncer que tout va bien.

— Je veux regarder les collectes de demain. Ensuite, je ferai mon rapport.

Elle se raidit.

— Tu ne peux pas entrer chez les gens avec moi pour les collectes. Ils détestent être le perdant qui doit payer. Je dois faire en sorte que cela reste une visite sociale plaisante. La dernière chose dont ils ont envie, c'est qu'un autre homme soit témoin de ça.

— J'attendrai dans la voiture. Si qui que ce soit te cause des problèmes, je serai pas loin, avec Jack.

Ses yeux verts lancent des éclairs.

— Il n'y aura aucun problème, mis à part les problèmes que *tu* risques de causer en étant là.

— Je serai discret.

Elle croise les bras.

— Désolée, mais une Mercedes noire aux vitres teintées n'est pas vraiment discrète.

— Ils vivent tous dans des quartiers aisés, non ?

— Oui.

— Alors je devrais être parfaitement intégré.

Elle plisse les yeux.

— Ta voiture se démarque trop. La plupart d'entre eux n'en possèdent pas. Ils marchent ou alors ils utilisent une application de taxi. Les voitures sont une corvée, à Brooklyn.

— Dis-leur que je suis ton petit-ami et que nous sortons après.

— Je ne leur dirai pas ça.

La voiture s'arrête devant chez elle. Je sors et récupère sa valise pour elle, bien décidé à l'accompagner jusqu'à ce qu'elle soit bien en sécurité à l'intérieur.

— Je t'accompagne, l'informé-je.

Elle pousse un soupir.

— Très bien.

Je la suis à l'étage et la regarde sortir sa clef de son sac à main devant sa porte d'appartement.

— Alors, pourquoi ne veux-tu pas leur dire que je suis ton petit ami ? Tu ne sais pas que je suis un bon parti ?

Elle secoue la tête.

— Tu sais, pour quelqu'un qui est là depuis, genre, deux secondes, tu es affreusement insistant au sujet de la manière dont je dirige mon entreprise.

Elle ouvre sa porte.

Je la suis à l'intérieur et dépose sa valise à côté de la table basse.

— Donc ?

Elle verrouille la porte et se tourne vers moi. Une seconde tendue passe, nos regards rivés l'un à l'autre.

— Donc, c'est un mensonge, répond-elle dans un souffle. Tu n'es pas mon petit ami.

Elle me regarde de sous ses cils, les joues rouges. Elle a envie que je l'embrasse.

Je baisse la voix jusqu'à prendre un ton rauque. Je suis peut-être en colère contre elle pour les risques qu'elle prend, mais je suis aussi profondément attiré par elle. Elle est comme la pièce manquante d'un puzzle, la forme parfaite que je cherchais sans en avoir conscience, jusqu'à ce que je la retrouve.

— Alors, embrasse-moi, et fais-en sorte que ce soit la vérité.

C'est un défi et une invitation. *J'ai envie de toi.*

Elle se rapproche.

— Je ne t'embrasserai pas.

— Je parie que tu as trop peur.

Embrasse-moi.

— Je n'agis plus en suivant des paris.

Je réduis la distance. Sara Travers est incapable de me résister.

— Dommage. Tu étais plus drôle quand c'était le cas.

Voyons voir ce que tu as dans le ventre.

Elle écarquille les yeux, puis elle m'attrape la tête et m'embrasse brutalement sur les lèvres. Un élan de triomphe me parcourt.

Elle s'écarte et nous nous observons. Nous avons tous les deux envie de plus. Je peux le sentir.

Elle m'embrasse à nouveau, plus délicatement, cette fois, une main posée sur ma joue.

— Adrian.

Je glisse ma main sous ses cheveux soyeux et prends le baiser que je mourais d'envie d'obtenir. Il est brûlant et avide. J'ai envie de plus, mes bras s'enveloppant autour d'elle pour la rapprocher de moi.

Une seconde plus tard, nous sommes sur son canapé, et elle me chevauche les genoux, sa jupe relevée jusqu'aux hanches et ses doigts m'étreignant les cheveux alors qu'elle m'embrasse avec urgence. C'est le paradis et l'enfer en même temps. J'ai besoin de tellement plus.

Elle rompt le baiser, la respiration forte et les doigts emmêlés dans mes cheveux.

— Je me suis juré de ne pas faire ça.

Je fais glisser mes doigts le long de sa gorge. Son pouls bat rapidement. Le mien aussi.

— Pourquoi pas ?

— Parce que…

Elle déglutit visiblement et détourne les yeux. C'est l'un de ses tics révélateurs – éviter de croiser mon regard.

— Parce que je veux me souvenir de toi comme d'une partie de mon passé heureux.

Je l'embrasse délicatement.

— Dis-moi la vérité. Pourquoi pas ?

Si elle est vraiment opposée à l'idée d'explorer ce qu'il pourrait y avoir entre nous, je renoncerai.

— C'est la vérité, insiste-t-elle en fixant ma bouche.

Quelque chose me dit qu'il y a plus que cela. Par exemple, elle est peut-être encore empêtrée dans ses souvenirs de Villroy et leur association avec ses parents. Mais je vais devoir attendre qu'elle soit prête à se confier.

Je lui tiens la mâchoire, caressant sa joue douce avec mon pouce.

— Je ferai toujours partie de ton passé. C'est comme ça que fonctionne le temps. Le passé est le passé. Le présent est…

J'enfouis mon nez contre son cou, avant de remonter jusqu'à son oreille, respirant son odeur avant de mordiller son lobe d'oreille.

— Ici et maintenant. J'ai envie de toi.

Ses yeux verts sont dilatés. Elle a envie de moi aussi. J'adore pouvoir lire si facilement en elle.

— Pour combien de temps ?

— Jusqu'à ce qu'on soit tous les deux à bout de souffle.

6

———————

Adrian

Elle sourit et descend de mes genoux, tirant sur sa jupe pour la remettre en place.

— Je pense qu'il vaudrait mieux qu'on ne se retrouve pas empêtrés là-dedans.

Mince, je l'ai perdue. Je résiste à grand-peine à l'envie de l'attraper pour l'attirer à nouveau vers moi.

— J'aime bien être empêtré de cette manière.

Elle lisse ses cheveux.

— Eh bien, moi aussi, mais ensuite cela pourrait devenir gênant et quand tu partiras, ça me paraît juste compliqué. Gardons les choses ordonnées, entre nous.

Une seconde passe en silence alors que nous nous observons l'un l'autre, une tension épaisse dans l'air.

Je viens me placer devant elle, près, mais pas trop près.

— Tu n'es pas curieuse de voir comment ce serait, si on était ensemble ? Je veux dire, j'en sais beaucoup plus sur les femmes maintenant que quand j'avais douze ans. Tu as assez aimé mon premier baiser pour me demander en mariage, rappelé-je en souriant.

Elle plaque sa main sur ma bouche.

— Pas un mot de plus, espèce de diable tentateur. Et je t'ai demandé en mariage avant le baiser.

— Parce que j'étais ton héros.

Je lui prends la main et lui embrasse la paume, puis le dessous sensible de son poignet. Elle frémit. Je lui lâche la main et elle me regarde droit dans les yeux.

— Tu joues à la déloyale, dit-elle d'une voix rauque.

— Joues avec moi.

— Adrian !

— Sara !

Elle retire sa veste et la pose soigneusement sur son bras.

— Non.

— OK.

Elle hausse les sourcils, les yeux ronds.

— Vraiment ?

— Oui, vraiment. Je vais simplement jouer tout seul. Tu veux regarder ?

Elle rit.

Ça va être une torture. J'ai encore plus envie d'elle maintenant que j'ai pu goûter. Je peux être patient. Vraiment. Je peux.

— Place ton argent dans ton coffre, ensuite je partirai, lui dis-je.

— Mais tu sauras où je cache mon argent.

— Tu penses vraiment que je pourrais te le voler ?

Ses joues se teintent de rouge.

— Désolée. Non. Je suis naturellement méfiante avec les gens.

— Je ne suis pas les gens. Je suis ton héros.

Elle agite un doigt vers moi tout en se dirigeant vers la minuscule cuisine.

— Tu n'arrêtes pas de dire ça.

— Parce que c'est vrai.

Je la regarde sortir le coffre-fort du four. Ce n'est pas une mauvaise cachette, sachant le nombre d'endroits limités où elle pourrait dissimuler quelque chose dans son appartement.

Elle rassemble l'argent et les jetons dans sa valise, les

dépose sur la table basse, puis s'assoit sur le canapé-lit avec le coffre, sur le point d'entrer la combinaison.

— Ne regarde pas.

Je m'assois à côté d'elle sur le canapé et place une main sur mes yeux.

— Ton code secret est en sécurité avec moi. Laisse-moi deviner. C'est l'anniversaire de Chloé.

— Comment as-tu su ?

Je laisse retomber ma main.

— Tu viens de me le dire, et ce n'était pas si difficile à deviner. Utilise des chiffres au hasard.

— Mais comment m'en souviendrais-je ?

— Tu t'en souviendras parce que c'est important.

Elle ouvre le coffre et fourre les pourboires de ce soir dedans. J'aperçois des piles de billets de cent attachés par des élastiques, et des cartes qui dépassent tout au fond. Attendez une minute. Est-ce que c'est ce que je crois ?

Je la dévisage, sous le choc.

— Tu les as toujours. La paire de deux rouges.

Ça doit vouloir dire quelque chose. Elle les conserve dans son coffre-fort comme si elles avaient de la valeur. Est-ce qu'elle espérait qu'on serait réunis, un jour ?

Elle devient écarlate, jette un œil dans le coffre et repousse vivement les cartes sous les billets.

— Je dois acheter un coffre plus grand.

Je me penche en avant.

— Tu as fait semblant de ne pas te souvenir du pacte, mais tu as conservé la paire.

Elle se mord la lèvre inférieure.

— Ce sont mes cartes porte-bonheur.

— Pourquoi ?

Pour la première fois, je suis plein d'espoir. Comme si c'était peut-être un signe que nous sommes destinés à être ensemble. Je pensais qu'elle m'avait écarté de sa vie pour de bon, jusqu'à ce que je débarque à nouveau sans prévenir, mais peut-être qu'elle ne m'a jamais oublié, exactement comme je n'ai jamais réussi à l'oublier.

Elle referme vivement le coffre et le verrouille.

— Elles me rappellent une époque où tout était plus simple et où je croyais aux héros.

Je prends sa nuque en coupe dans ma main, l'attirant plus près et déposant un baiser sur ses lèvres.

— Je suis là, maintenant.

Elle s'écarte et se lève avec son coffre serré contre sa poitrine.

— C'est différent, maintenant. Je suis différente. Tu devrais partir.

Elle se dirige vers la cuisine, replace son coffre dans le four.

Je ne sais pas trop quoi dire ou faire, encore ébranlé après avoir découvert que Sara a conservé ces cartes. Elle s'est raccrochée à notre connexion.

— S'il te plaît, pars, dit-elle doucement.

Je me lève.

— Je pars, mais je reviendrai.

Elle lève la main en un bref salut et se détourne, mais pas avant que j'aie vu les larmes briller dans ses yeux. Je m'arrête. Pourquoi ces larmes ? Elle doit avoir des sentiments pour moi. Pourquoi cela la bouleverse-t-il tant ? Est-ce qu'elle pense que je vais partir pour de bon ? Parce que s'il y a quelque chose entre nous, quelque chose de réel, je suis prêt à voir où cela peut mener. Je suis tiraillé entre l'envie de l'attirer dans mes bras et celle de lui donner l'espace qu'elle demande.

Je m'avance vers la porte, lui adressant un dernier regard. Maintenant, elle a les bras croisés et serrés autour de sa poitrine. Je ne peux pas la quitter comme ça.

Je me dirige vers elle, lui relève le menton et l'embrasse doucement.

— Je suis content qu'on se soit retrouvés et, si tu le permets, j'aimerais rester dans ta vie.

Ses yeux verts sont brillants, ses lèvres pressées étroitement l'une contre l'autre.

— Ade, j'ai changé. Je ne peux pas m'engager dans une relation. Je suis brisée.

Je repousse ses cheveux en arrière.

— Je dis toujours que les relations sont un mauvais pari,

mais on se connaît depuis si longtemps que ce n'est même pas juste d'appeler ça une relation. C'est plus comme si on reprenait où on en était resté.

Elle me dévisage, les sourcils froncés et l'air de réfléchir.

J'ai envie d'en dire plus, que je n'ai jamais pu m'engager envers personne, et que peut-être, c'était parce que personne ne faisait le poids face à elle. Peut-être que je fais trop cas de la paire de deux qu'elle a conservée, mais ça me paraît juste.

Je prends sa mâchoire en coupe et son regard s'adoucit. Elle a clairement des sentiments pour moi.

— J'ai conservé ma paire de cinq, moi aussi.

Elle déglutit visiblement, et ses joues rougissent.

— Vraiment ?

— Évidemment. On avait un pacte.

Je dépose un baiser rapide et vif sur ses lèvres, et je pars avant d'être à nouveau aspiré vers elle.

Sara

Hier soir, les choses sont devenues assez intenses entre Adrian et moi. Je n'arrive pas à croire qu'il ait conservé sa paire de cinq ! Est-il possible qu'il se soit raccroché à notre rêve partagé, comme moi ? Cela a-t-il constitué le rayon de soleil d'un moment difficile, pour lui aussi ? Non. Adrian n'a pas eu de moments difficiles. Il mène une vie rêvée, c'est un membre de la royauté avec une grande famille aimante, qui peut faire tout ce qu'il veut. Il dit qu'il veut faire partie de ma vie, mais je sais qu'il est lié à Villroy, et je ne veux jamais remettre les pieds là-bas. C'est juste trop douloureux, avec tous les souvenirs de mes parents. Je ne peux pas affronter à nouveau ce chagrin. Je ne peux pas. C'était déjà assez dur la première fois. Et puis, les choses se passent bien, ici, avec mes parties de poker, et je ne pourrais jamais quitter Chloé.

Je ne peux pas le laisser se rapprocher assez pour rendre les adieux douloureux. Il a décidé de rester un jour de plus, et j'essaie de ne pas trop en tirer de conclusions. Je dois maintenir une affection amicale entre nous, et ensuite retourner à ma vie.

Adrian est arrivé ce matin, comme il a dit qu'il le ferait. Une partie de moi était contente, parce qu'il m'a manqué après son départ, hier soir, et une partie de moi était agacée qu'il surveille ma façon de travailler. C'est le jour de la collecte et du paiement après la partie, et nous sommes dans sa Mercedes de location, en chemin vers ma première collecte. Son garde, Jack, est sur le siège passager. Adrian ne sait pas ce que ça fait d'être vraiment tout seul, et d'avoir conscience de ne pouvoir dépendre de personne d'autre que soi-même.

Je guide le chauffeur, Bill, pour qu'il se gare à quelques mètres de l'appartement de grès brun où je vais, avant de bondir hors de la voiture. Je sens le regard d'Adrian posé sur moi. Il va probablement chronométrer le temps que je vais passer à l'intérieur. Lui et son garde fonceront dans l'appartement si je n'en suis pas sortie au bout du délai requis. J'étouffe un soupir. Je ne suis pas habituée à ce que quelqu'un remette en question ce que je fais. Honnêtement, ces types ne sont pas dangereux. D'accord, j'ai vécu un moment un peu tendu avec Sergei durant le dernier jour de collecte, seulement parce qu'il cherchait à obtenir un rendez-vous, mais il a fait machine arrière. Évidemment, c'est une bonne idée d'embaucher quelqu'un pour surveiller l'argent quand je le transporte, mais je ne peux pas me permettre de payer un garde du corps pour l'instant, alors que je sais que les frais de scolarité de Chloé sont salés.

La première visite se passe sans encombre, et je ne peux m'empêcher de narguer Adrian à mon retour dans la voiture.

— Je te l'avais dit. Ce n'est pas bien méchant. Je fais en sorte que cela reste une visite légère et agréable.

Son expression est impassible, son *poker face* est fermement en place sur son visage.

— Bien sûr. Fais-moi savoir quand on sera chez Sergei.

— C'est un mauvais perdant. Ça ne veut pas dire qu'il ne paiera pas. Il est blindé.

— Dis-lui qu'on est ensemble, maintenant.

Il dit cela d'une manière désinvolte, comme s'il s'attendait à ce que j'accepte. Cela me hérisse. C'est déjà assez insupportable qu'il fourre son nez dans mes affaires ; maintenant, il donne des ordres.

— Je ne dirai pas ça. Tu pars dans deux jours, de toute façon, alors ce n'est pas comme si c'était très dissuasif.

Je pousse un soupir agacé, et continue :

— Tu sais, ce ton autoritaire fonctionne peut-être avec ta sœur, mais ne marchera pas avec moi. Je m'en sors très bien toute seule depuis très longtemps.

Il replace une mèche de cheveux derrière mon oreille d'un geste tendre.

— J'aimerais t'avoir connue à l'époque, dit-il d'une voix grave et chaleureuse. J'ai l'impression d'avoir raté tant de choses.

Je déglutis pour ravaler la boule dans ma gorge. À chaque fois, il arrive à percer toutes mes défenses si facilement.

— Tu n'aurais pas voulu me connaître, à l'époque. C'était l'enfer, et je n'étais pas de bonne compagnie.

— J'aurais pu t'aider.

— Personne n'aurait pu m'aider et, crois-moi, ils ont essayé. Mon oncle, l'assistante sociale de mon école, mes professeurs. J'ai dû me ressaisir, et je l'ai fait en me concentrant sur la nécessité de m'occuper de Chloé, ce qui serait gagnant gagnant pour nous deux.

Je plaque un sourire sur mon visage et fais un geste vers moi-même.

— Estime-toi heureux de rencontrer la nouvelle Sara qui s'est ressaisie.

Ses yeux sont si emplis de compassion que je dois détourner le regard. Je déteste la compassion. J'en ai reçu bien trop souvent dans ma vie, en plus des murmures. « Ces pauvres filles Travers. Quel dommage, et leur oncle n'est pas d'une grande aide. »

Je me force à me concentrer à nouveau sur le boulot. Le prochain arrêt se passe également sans problème. Cette fois, je réfrène le *je te l'avais bien dit*, mais je ne manque pas de le penser.

Quelques minutes plus tard, je dis au chauffeur.

— Tournez à droite au panneau-stop. C'est au bout de la prochaine rue.

— C'est chez Sergei ? demande Adrian.

Je suis un peu surprise qu'il ait deviné.

— Comment as-tu su ?

— Parce que seulement trois personnes te devaient de l'argent après la collecte du prix d'entrée, et nous avons déjà fait deux arrêts. Simple processus d'élimination.

— Quel petit malin ! Reste ici.

Il arque un sourcil, mais ne dit rien.

Quand j'arrive devant la maison de Sergei, je sonne à la porte et attends sur le porche. J'entends des pas discrets derrière moi et me retourne vivement, sur le point de hurler à Adrian de dégager, mais c'est Jack.

— Je vous accompagne à l'intérieur, madame, dit-il.

— Vous ne pouvez pas. Je ne pourrais pas collecter l'argent si un autre homme est présent.

Son expression est inflexible.

— Je resterai en arrière avec une discrétion totale. Je ne le regarderai même pas.

Je réprime un grognement.

— Allez-vous-en. S'il vous plaît. Ça ne fera qu'empirer les choses.

La porte d'entrée s'ouvre et je me trouve face à Sergei, pas la gouvernante.

— Bonjour, Sara. On dirait que tu as amené des muscles avec toi, aujourd'hui. Tu ne me fais pas confiance pour honorer mes dettes ?

— Bien sûr que je vous fais confiance. Mon… – je m'étrangle presque avec le mot – petit ami est maladivement surprotecteur et il a insisté pour que son garde m'accompagne, aujourd'hui.

Je n'ai pas de petit ami. Je n'ai que des connaissances.

— Le Prince Adrian est votre petit ami ?

Je hoche la tête. C'est tout ce dont je suis capable.

Il plisse les yeux.

— Vous disiez que vous n'envisageriez jamais de sortir

avec un joueur. Et maintenant, vous me dites que le Prince Adrian, un joueur, est la personne avec qui vous êtes.

— C'est un invité temporaire, pas un joueur permanent. Nous nous connaissons depuis très longtemps.

Il regarde de chaque côté de la rue et repère la Mercedes garée ostensiblement à quelques pas de là.

— C'est lui ?

Avant que j'aie pu le nier, Sergei sort de chez lui et se dirige droit vers la voiture, avant de frapper sur la vitre côté conducteur.

Adrian descend du siège arrière.

— Comment ça va ?

Sergei croise les bras, les jambes écartées dans une position de combat.

— Ça va mal. J'ai perdu deux parties d'affilée, et maintenant il y a trois personnes ici pour en être témoin. Je veux que vous partiez.

Le regard d'Adrian se fait dur comme l'acier.

— Payez et nous partirons.

Sergei se retourne et repart à grands pas vers chez lui. Je me précipite à sa suite, mais il me claque la porte au visage. J'entends le verrou tourner. Merde.

Je sonne à la porte encore et encore. Il me doit trop d'argent pour que je m'en aille. Cent millions. Ça me ruinerait de couvrir cette somme. Je fusille Adrian du regard. Il se tient sur le trottoir, non loin de là.

— Tu as tout fait foirer ! lui hurlé-je. Je n'ai jamais eu de problème avant aujourd'hui.

— Ça a toujours été une possibilité, dit-il calmement.

Je me tourne à nouveau vers la porte et la martèle du poing. Sa gouvernante, Mme Davis, m'ouvre.

— Je suis désolée, Mlle Sara. Sergei ne reçoit pas de visiteurs pour le moment.

— S'il vous plaît. Je veux juste lui parler.

J'ouvre mon sac à main et en sors un billet de cent dollars provenant de ma dernière visite de collecte, avant de le presser dans sa main.

— Tenez, pour votre peine.

Elle m'adresse un regard dégoûté et me le rend.

— Je perdrais mon travail si je ne suivais pas les ordres.

Je la pousse pour passer derrière elle et me précipite dans le couloir. Il est probablement dans son bureau.

— Sergei !

J'entends des bruits de pas derrière moi. Oh, merde. C'est comme si j'avais tout un cortège. Jack, Adrian et Mme Davis me suivent en courant.

— Reculez ! m'écrié-je. Ce sont mes affaires !

Je trouve la pièce et il est là, assis à son bureau. Je ferme vivement la porte et je la verrouille.

— Je suis désolée pour le désordre de tout à l'heure. Il n'y a plus que vous et moi, maintenant. Mettons tout au clair et ensuite nous serons prêts pour mardi.

Quelqu'un frappe à la porte.

— Allez-vous-en ! m'exclamé-je.

— Je lui ai dit de ne pas entrer, dit Mme Davis à travers la porte. Je suis vraiment désolée, Sergei. Elle m'a bousculée et est entrée de force.

Sergei m'adresse un regard noir.

— C'est l'amie de ma tante.

— Je ne l'ai pas bousculée, murmuré-je d'un ton farouche. Je l'ai simplement contournée.

— Partez, s'il vous plaît, ordonne Sergei, assez fort pour être entendu par la foule de l'autre côté de la porte.

— Comme vous voulez, monsieur, dit doucement Mme Davis à travers la porte.

Il fixe son bureau d'un air morose.

— Tout va bien, dis-je en approchant prudemment. Je suis sûre que vous vous en sortirez très bien à la prochaine partie. Les chances sont de votre côté, n'est-ce pas ? Vous ne pouvez que mieux faire.

Il pousse un vif soupir.

— Je n'ai pas l'argent.

Mon estomac se crispe.

— Comment ça, vous n'avez pas l'argent ?

Il lève la tête.

— J'ai donné tout ce qu'il me restait de côté à Yuro pour

son projet immobilier qui était une valeur sûre. Tout le reste est parti. Vous devez comprendre. Son investissement était plus important pour moi que de payer une dette de poker.

Je m'efforce de garder mon calme.

— Sergei, si vous ne payez pas, les gagnants ne recevront pas l'argent qu'ils ont gagné. Ils partiront. Les parties seront terminées.

Il hausse une épaule dans un geste désinvolte.

— Je ne veux pas qu'Ivan ait mon argent, de toute façon. Il agite sa queue, se pavane avec son manoir et ses boutons de manchette en diamant.

— Il porte un tee-shirt et un jean ! m'exclamé-je, perdant finalement mon calme. Et vous avez un manoir, vous aussi !

Il prend un air renfrogné.

— Je l'ai vu porter des boutons de manchette en argent. Et ma maison n'est pas un manoir. J'ai plus besoin de mon argent que lui.

Je prends une profonde inspiration.

— Je ne peux pas couvrir l'argent que vous devez. C'est fini. Si vous ne payez pas, vous ne pourrez plus jouer.

Il hausse une épaule.

— Votre petit ami pourrait prendre ma place dans les parties.

Je tente de retrouver mon calme.

— Ça n'efface pas votre dette. Écoutez, et si vous ne remboursiez que la moitié ? Est-ce que vous pouvez faire ça ?

Il lève les paumes en l'air.

— J'ai bien peur que non. S'il vous plaît, fermez la porte en partant.

— Vous êtes éliminé des parties, dis-je d'une voix lente et maîtrisée. J'ai une liste d'attente. J'aurais aimé qu'on n'en arrive pas là.

— Les affaires, dit-il. Parfois, elles sont bonnes, parfois elles sont mauvaises.

Je suis certaine qu'il m'arnaque pour se venger après que je l'ai rejeté. Je tourne les talons et me dirige à grands pas vers la porte. J'ai la main posée sur la poignée quand il dit :

— Appelez-moi quand votre petit ami ne réchauffera plus

votre lit. Maintenant que je ne suis plus un joueur, vous pouvez être avec moi.

Je le savais ! Il est furieux que je l'aie repoussé, et voir Adrian ici n'a fait qu'empirer les choses.

Je secoue la tête et me retourne.

— Je ne serai jamais avec vous.

— Je tiens quand même à vous, Radieuse Sara.

Beurk.

J'ouvre la porte et découvre Adrian et Jack debout juste derrière. Adrian m'adresse un regard entendu. Il avait dit que ça arriverait, que je me ferais arnaquer un jour et que je serais lésée. J'ai toujours su que c'était un risque d'avancer leurs paris moi-même, mais les choses étaient toujours réglées le lendemain. Sauf que cette fois, j'avais toute une escorte avec moi, et tout a mal tourné. J'aurais pu convaincre Sergei s'il n'y avait pas eu tous ces témoins curieux. Ça l'a mis sur les nerfs.

Je dépasse Adrian et Jack pour passer la porte. Ça craint. Chaque fois que je commence à aller quelque part, quelque chose me fait revenir à la case départ.

Adrian me rattrape sur le trottoir.

— Je vais t'aider à couvrir son impayé.

— Non ! Tu en as assez fait.

Je regarde vers le bas de la rue et ajoute :

— Je vais rentrer à pied.

— Allez. Tu savais que c'était une possibilité. À un moment ou un autre, un joueur allait t'arnaquer. Et c'est arrivé.

— C'est arrivé parce que tu étais là ! Et ton garde. J'aurais pu le convaincre.

Il secoue la tête.

— Tu penses que flirter poussera tes joueurs à cracher leur argent ? Ça ne marche qu'un temps. Surtout après l'avoir rejeté.

Je pousse un demi-cri de frustration, me retourne et descends la rue d'un pas vif.

Adrian me suit.

— Sara, tu transportes plus d'un demi-million dans ton

sac à main, et tu crois pouvoir rentrer à pied jusqu'à ton appartement toute seule avec ça ?

— Chut. Personne ne sait ce que je transporte, tant que tu ne le cries pas sur tous les toits.

— Silvia s'inquiétait pour toi, et maintenant moi aussi.

Je m'arrête.

— Tu ne comprends pas ? Je n'ai *rien* à perdre et tout à gagner. Ma vie était nulle avant ça, d'accord ? Je cumulais deux boulots, j'étais épuisée tout le temps pour une paie minable. C'est peut-être quelque chose qu'un prince ne peut pas comprendre, du haut de son palais, mais pour les gens coincés ici, dans le monde réel, c'est comme ça que les choses fonctionnent. Tu travailles encore et encore et encore, et tu gagnes à peine assez pour payer tes factures. J'étais une responsable administrative et une serveuse. Deux boulots ! Et j'arrivais à peine à survivre. J'apportais la nourriture de mon repas gratuit par jour au restaurant à Chloé, parce qu'on pouvait à peine se permettre de faire des courses. Est-ce que tu peux imaginer ça ?

Ses yeux sont pleins de compassion.

— Ça a l'air difficile.

— Tu crois ? Ou… tu te montres créatif, tu prends un risque, et tu arrives enfin à quelque chose. C'est là que j'en étais, et maintenant tu essaies de me pousser à nouveau dans la boue.

— Tu as fini ?

Je laisse échapper un soupir.

— Oui, c'est à peu près tout.

— Monte dans la voiture, dit-il d'une voix dure et autoritaire.

J'hésite.

— Si tu ne le fais pas, je te suivrai jusque chez toi, alors tu ferais aussi bien de choisir la solution la plus facile.

Je ferme les yeux un instant.

— Très bien. Tu es un gros nul.

— Merci.

Je monte dans la voiture, et il m'y suit, avant de me prendre les mains pour les étreindre chaleureusement. Mes yeux deviennent brûlants. Je me souviens encore quand il m'a tenu la main pendant tout le trajet jusqu'à la clinique, quand je souffrais et que j'étais terrifiée à l'idée qu'on me fasse des points de suture à la cheville. Il tient à moi, et ça fait si longtemps qu'on ne s'est pas soucié de moi. Cela me fait trémir de l'intérieur, et je ne sais pas si je peux me fier suffisamment à ce sentiment pour l'apprécier.

— Écoute, je veux que tu retombes sur tes pieds, dit-il. Je ne veux pas que tu te retrouves à nouveau dans la boue, moi non plus. Rentre à Villroy avec moi. Tu me serais bien utile au casino. J'ai besoin d'un superviseur. De quelqu'un qui comprend les jeux d'argent et qui peut faire en sorte que le personnel soit à l'aise. Je te donnerai un salaire généreux ; tu pourras vivre au palais, dans une chambre d'ami. Nous ferons le trajet ensemble. Ce sera tellement plus simple et *plus sûr* que ce que tu fais en ce moment.

Mon sang se glace. Villroy est le dernier endroit où j'ai envie d'aller.

— Je suis assez grande pour me débrouiller et je n'ai pas besoin que tu me fasses l'aumône.

— Tu me ferais une faveur. J'ai besoin d'un bras droit. J'en ai tellement assez de tous ces appels, ces SMS et ces e-mails, ainsi que la gestion quotidienne du personnel, ce n'est pas mon truc. Je veux travailler sur des stratégies à vision globale, pour gérer le casino et apporter plus de clients. Tu pourrais être douée pour ça. Ton expérience est parfaite. Une responsable administrative / requin aux cartes / serveuse ? Tu es ma candidate rêvée.

Je ris un peu. Personne ne m'a jamais appelée un rêve, dans quelque contexte que ce soit.

— Je ne peux pas. Chloé a besoin de moi.

C'est vrai. Elle est ma responsabilité. Et je ne retournerai jamais à Villroy. J'aimerais avoir dépassé tout ça – cela fait douze ans que j'ai perdu mes parents –, mais ce n'est pas le cas. Aujourd'hui encore, ma poitrine me fait mal rien que de penser à eux. Je ne peux pas me remettre à perdre le contrôle et à faire des crises de panique.

— Chloé est à l'université, insiste Adrian. C'est une adulte.

Je secoue la tête.

— C'est différent, pour nous. Elle se souvient à peine de nos parents. Elle n'avait que six ans quand ils sont morts. Je suis comme une mère pour elle. Je lui rends visite une fois par semaine, et nous nous envoyons tout le temps des SMS. Elle a besoin de savoir que je ne suis qu'à un voyage en train. Je suis tout ce qu'elle a.

Il me regarde dans les yeux pendant un long moment.

— Contente-toi de me promettre que tu vas y réfléchir.

Je pousse un soupir.

— D'accord. Je vais y réfléchir.

Mais je sais déjà que je ne peux pas quitter Chloé, et que je ne peux faire face aux souvenirs de mes parents à Villroy. C'étaient les meilleurs moments de notre famille, et les plus heureux, et cela serait trop douloureux de sentir leur absence là-bas. Ma poitrine se resserre et je laisse échapper un souffle que je n'avais pas conscience de retenir. Je fais ça, parfois. J'arrête de respirer quand les souvenirs de mes parents se font trop intenses. *Inspire, expire. J'ai le contrôle.*

Puis Adrian me surprend, enveloppant ses bras autour de moi et m'attirant contre lui. Je pose la tête sur son torse. Pendant un moment, je suis figée de stupeur. Il lisse mes cheveux en arrière de son autre main et m'adresse un sourire, ses yeux noisette rivés sur les miens.

Oh, Seigneur, je vais pleurer. Je ferme les yeux très fort, forçant les larmes à reculer. Je ne peux pas m'habituer à ça. Ce serait trop douloureux de dire au revoir.

Je commence à me lever, et ses bras se resserrent autour de moi.

— Juste un peu plus longtemps, murmure-t-il. Tu m'as manquée. Toutes les femmes que j'ai rencontrées depuis toi pâlissaient en comparaison.

Mon cœur cogne dans ma poitrine. Je n'arrive pas à croire qu'il vient de dire ça. C'est si gentil, si… romantique. Je n'arrive même plus à trouver la force de me mettre en colère pour la manière dont il a tout fait foirer avec Sergei.

Les mots sont sur le bout de ma langue. *Tu m'as manqué aussi.* Mais je suis incapable de parler, les mots bloqués par la boule s'étant formés dans ma gorge. Pendant si longtemps, j'ai refusé de renouer le contact avec le moindre souvenir de mes étés en famille à Villroy, mais rencontrer Adrian ici, sur mon territoire, rend les choses bien plus faciles.

Je me blottis plus près et respire son odeur, épicée et masculine. Un homme bon. C'est peut-être la raison pour laquelle je ne suis jamais restée avec aucun homme. J'attendais simplement de le revoir.

7

———————

Adrian

Quand Sara a eu fini de distribuer à ses gagnants leur part de l'argent – en puisant dans sa propre réserve d'argent, malgré mon offre de l'aider –, je suis allé rendre visite à ma jumelle à Manhattan pour le déjeuner. Silvia était aussi affectueuse et enthousiaste que d'habitude et m'a invité à dîner chez elle, ce soir, avec Sara et Chloé. Elle a appelé ça « une fête improvisée ». Je lui ai dit de s'occuper de tout, et que je serai là. Sara trouvera plus difficile de dire non à l'invitation de Silvia qu'à la mienne. Je sais que je me suis montré insistant, à fourrer ainsi mon nez dans la vie de Sara, mais c'est la seule manière pour moi de découvrir ce qu'il se passe avec ses parties et les joueurs qui y participent. Je reste un jour de plus afin de pouvoir aller à la soirée du jeudi de Sara.

OK, c'est elle, la vraie raison pour laquelle je reste. Je veux avoir plus de temps pour la convaincre d'accepter l'emploi que je lui ai proposé au casino.

La prochaine étape – et pas des moindres – c'est d'utiliser le numéro de mon cousin Dylan, dont Silvia m'a donné l'adresse. Il vit à Brooklyn et travaille dans le bâtiment dans l'entreprise de son oncle. C'est très loin de son héritage légitime. Si son père n'avait pas abdiqué du trône, Dylan aurait été prince héritier du royaume de Villroy. Il est le premier-né. Normalement, Dylan devrait être roi. Il a un an de plus que Gabriel, notre roi actuel.

Je lui envoie un SMS en chemin vers mon hôtel. *Salut, c'est Adrian, le frère jumeau de Silvia Rourke. Elle m'a donné ton numéro. Je suis en ville et j'espérais qu'on pourrait se rencontrer. Je voulais te poser des questions à propos de certains habitants du coin qui participent aux parties de poker d'une amie.*

Je reçois une réponse plusieurs heures plus tard. C'est une simple adresse à Brooklyn. Dix-sept heures.

OK. Ce n'est pas vraiment amical, mais il est peut-être occupé au boulot. La fête de Silvia a lieu à dix-neuf heures. Je pourrais peut-être l'inviter aussi. Ça ne la dérangerait pas.

Je lui envoie une réponse rapide. *À bientôt.*

J'arrive à l'heure convenue, et me retrouve devant un site de construction près du front de mer. Une énorme foule s'écoule du site, parce que c'est la fin de la journée. Je ne sais pas lequel il est. Je cherche quelqu'un qui ressemble à ma famille. Grand, aux cheveux sombres et peut-être les célèbres yeux bleu-vert des Rourke. Mon père a toujours dit qu'ils étaient un signe désignant les véritables dirigeants de Villroy, parce qu'ils correspondent à la couleur de la mer, là-bas. Silvia, Emma et moi avons hérité des yeux noisette de ma mère. Heureusement, que nous sommes nés plus tard dans la lignée, ou cela aurait fichu en l'air cette superstition.

J'envoie un message à Dylan. *Où es-tu ? Je suis là.*

Rejoins-moi au Tazza Café.

Je regarde autour de moi et aperçois le café de l'autre côté de la rue. Je me dirige vers lui tandis que mon garde, Jack, me suit, et j'entre. Je ne vois personne qui ressemble à un employé du bâtiment, ici. Juste quelques hipsters avec des ordinateurs portables. Je commence à être agacé.

Je trouve une table au fond de la salle et lui envoie un message pour lui faire savoir où je suis assis. Jack se poste dans le coin face à moi.

Enfin, un type entre, et je pense que ce pourrait être lui. Il a dans les trente ans, il est grand et musclé, vêtu d'un tee-shirt

Byrne Construction, d'un jean et de bottes de travail noires. Ses cheveux noirs sont un peu longs, ses pommettes aiguisées et sa mâchoire carrée est couverte d'une barbe soigneusement taillée. Un tatouage tribal dépasse de sous sa manche, sur son biceps. Les membres de la royauté n'ont pas le droit d'avoir des tatouages, dans mon royaume. C'est considéré comme une profanation du corps, et nous pourrions être enterrés dans le caveau royal si nous en avions. Dylan s'en est fait un sans en avoir conscience, ce qui lui verra refuser sa place là-bas après la mort, après s'être vu refuser sa place là-bas de son vivant. Cela me semble horriblement injuste. Je n'y avais pas vraiment réfléchi jusqu'alors. C'était juste un fait – la famille de mon oncle a été exilée. Ils n'étaient qu'une image floue dans mon esprit, il n'y a aucune photo d'eux, chez nous, mais maintenant que je le voie ici en chair et en os, je me rends soudain compte à quel point tout cela est anormal.

Je me lève, un élan d'adrénaline me parcourant. Je suis sur le point de rencontrer mon cousin perdu de vue !

— Dylan ?

Il s'avance et s'arrête devant moi. Ses yeux sont d'un bleu perçant, pas de la couleur bleu-vert des Rourke. Il me dévisage un instant, m'étudiant du regard.

— Tu n'es pas aussi mignon que ta jumelle.

Je lâche un rire.

— Je n'aspire pas à être mignon.

Je fais un geste vers la table et dis :

— Assieds-toi.

— Je vais aller me chercher un sandwich d'abord. Tu veux quelque chose ?

Il est étrangement décontracté à l'idée de me rencontrer pour la première fois. C'est peut-être pour dissimuler le côté gênant de la situation, ou bien il est peut-être simplement toujours aussi détendu.

— En fait, Silvia nous a invité quelques amis et moi, à dîner ce soir. Tu es le bienvenu si tu veux te joindre à nous.

Il n'accepte pas, mais ne refuse pas non plus.

— J'ai sauté le déjeuner. Je dois manger quelque chose.

— Je vais prendre un espresso, merci.

Je sors mon portefeuille, mais il lève la main, déclinant ce geste.

Je m'assois. Un autre moment surréaliste – mon cousin perdu de vue me paie un espresso. Mon premier moment surréaliste, c'était quand j'ai revu Sara Travers après tant d'années. Je suis enthousiaste à l'idée de le rencontrer, et j'espère rencontrer aussi ses frères et ses parents.

Il s'assoit quelques minutes plus tard, et pousse un espresso vers moi en travers de la table.

— C'est ton gorille ? demande-t-il avec un signe du menton vers Jack.

— J'ai un garde, oui. Les gens se montrent parfois trop zélés. Je n'ai eu aucun problème depuis mon arrivée à New York.

Il mord dans son sandwich au rosbif. Après l'avoir mâché, il lance :

— Oui, attends un peu. Si tu montres un peu trop ton visage, les paparazzi vont se pointer.

Je prends une gorgée d'espresso, songeant que nous devrions en revenir à l'essentiel. Je veux dire, c'est un grand moment – des cousins perdus de vue qui se rencontrent pour la première fois.

— C'est un plaisir de te rencontrer. Silvia m'a raconté un tas de choses sur toi et tes frères. C'est étrange d'avoir des cousins que je n'ai jamais rencontrés.

Il lève les yeux vers moi.

— Ce n'est pas si étrange. Ta famille nous a foutu dehors pour toujours. Ça a plus ou moins réduit à néant la possibilité de la moindre réunion.

Je me penche en avant.

— Les choses ont changé, au palais. Mon frère aîné, Gabriel, est roi maintenant. Sa femme est une Américaine, une femme qui a les pieds sur terre. Peut-être que maintenant qu'ils sont à la tête de l'île, ils seraient ouverts à l'éventualité de vous laisser venir nous rendre visite, toi et ta famille.

Il émet un reniflement.

— Ouais.

— Vraiment. Je vais arranger les choses. Tu devrais voir l'endroit d'où tu viens.

Il mord une grosse bouchée de sandwich et mâche.

— Silvia dit que tu as aussi rencontré plusieurs fois mon frère Phillip. Alors maintenant, tu en connais trois sur sept, parmi nous. Les autres sont géniaux.

Il mâche, avant de boire une gorgée d'eau.

— Oui. Phillip passe souvent en ville. Silvia a insisté pour que je le rencontre. Il est un peu trop prétentieux pour moi.

— Il travaille avec les communautés pauvres pour leur apporter de l'eau potable. Il n'est pas vraiment prétentieux. C'est l'Ambassadeur des Nations Unies pour l'Eau Potable.

Dylan n'a pas l'air impressionné.

— Une position qu'ils offrent aux visages célèbres. Il est l'héritier de rechange, n'est-ce pas ?

— Il l'était, avant que la nouvelle héritière ne naisse. Gabriel a une fille de un an, maintenant. Mila.

Il recommence à manger.

— Tiens donc.

Je vais peut-être d'abord travailler la réconciliation du côté de ma famille. Pour voir si, éventuellement, Gabriel peut faire un geste. Dylan me rappelle un peu Gabriel, physiquement et dans son attitude, sévère et autoritaire.

J'en reviens à la première raison de cette rencontre.

— Mon amie organise des parties de poker ici, à Brooklyn, et j'espérais que tu connaîtrais un peu certains des Russes locaux qui y participent.

— Pourquoi ?

— Parce que je veux m'assurer qu'ils sont réglos.

Il boit une longue gorgée d'eau.

— Il y a une grande communauté russe du côté de Brighton Beach. Des gens bien, très tournés vers la famille. Je veux dire, oui, il y a une mafia russe, mais il y a aussi un tas de gens bien.

— Je ne pense pas qu'ils soient d'ici. Ce sont des immigrants récents, avec des accents. Très riches, jeunes, vivant dans le quartier de Park Slope, et je ne sais trop où.

Il hausse un sourcil.

— Tu as des noms ?

— Juste quelques-uns.

— Eh bien, je t'écoute.

— Je n'en connais que deux. Sergei Rivkin et Yuri Petrov.

— Je ne connais pas Sergei. Yuri, par contre. Si c'est celui que je crois, son père est un gros promoteur immobilier.

— Oui, il en a parlé.

Il secoue la tête.

— Mon oncle m'a dit de ne jamais travailler sur ses projets. Son père s'endette souvent horriblement, il fait des paris avec l'argent des autres, puis il ne paie pas ses sous-traitants. Il met des gens bien sur la paille. Je resterais loin de celui-là.

— Il nous a tous proposé de participer à un projet dans le Queens.

— Je ne te recommanderais pas de le faire.

— Sergei a déjà investi de l'argent dedans. Genre, aussitôt.

— Si Sergei est lié à la pègre, c'est peut-être une façon de blanchir son argent. Sinon, il a fait un très mauvais investissement.

Je le regarde terminer son sandwich en quelques bouchées, avant de vider son verre d'eau. Il s'essuie la bouche sur une serviette et rassemble ses déchets sur un plateau. Quelque chose me dit qu'il est sur le point de partir.

— Merci d'avoir accepté de me rencontrer, Dylan. J'espérais rencontrer le reste de ta famille aussi, tant que je suis ici. J'aimerais vraiment reprendre le contact.

Son expression est de marbre.

— Tu m'as rencontré, moi. C'est suffisant.

— Mais nous sommes de la même famille. Tu ne crois pas qu'ils auraient envie de me rencontrer ?

Il presse les lèvres l'une contre l'autre.

— Non, je ne pense pas. Ça ne fera que leur faire du mal.

Ses yeux bleus se rétrécissent.

— Tu crois qu'on ne sait pas ce que tu penses de nous ? Mon père me l'a dit. Il a été exclu et on lui a dit que lui et sa racaille de famille pouvaient rester exilés à Brooklyn pour toujours. Sans aucune des richesses ou des privilèges qui étaient associés à son titre, pas même une allocation. Tu crois que c'était facile, pour un homme élevé pour monter sur le trône, de gagner sa vie ici en partant de rien ?

— Qu'est-ce qu'il a fait ?

— Il a fait ce qu'il avait à faire. Mon oncle lui a offert un boulot dans le bâtiment, il lui a demandé de tenir les registres. C'est un employé de bureau, et il a travaillé comme un dingue pour apprendre tout ce qu'il pouvait de l'entreprise. Mes frères et moi l'avons rejoint dès qu'on a été assez âgés. Byrne Construction est une entreprise familiale. Les Byrne sont ma famille, du côté de ma mère. Pas toi et les tiens.

— Je suis vraiment désolé de la manière dont les choses se sont passées, à l'époque, mais nous sommes une nouvelle génération. Nous pouvons arranger les choses. Les Rourke sont aussi votre famille.

Il prend un air renfrogné.

— Tu ne comprends pas. J'aurais fini par devenir roi. Au lieu de ça, je suis ici, à trimer dans un travail pénible, pendant que vous menez la belle vie au palais. Écoute, je suis venu ici par respect pour Silvia. Je l'aime bien. J'ai passé suffisamment de temps avec la famille Rourke comme ça.

— Est-ce que tu viendras dîner chez elle ce soir ?

Il se lève.

— Je suis épuisé, alors je vais passer mon tour.

Il place ses couverts sur le casier au-dessus de la poubelle et jette ses déchets dedans.

— Je dois y aller.

Je me lève et le rejoins.

— Rien ne nous oblige à entretenir autant d'amertume entre nos familles.

Il incline la tête.

— Rien ne nous y oblige, mais c'est le cas, et nous savons tous deux à qui la faute. Je te ferai savoir si je découvre quoi que ce soit à propos de Sergei. Si tu n'entends plus parler de moi, c'est que tout va bien.

— Est-ce que tu peux dire à ton père que j'aimerais le rencontrer ?

Il crispe la mâchoire, exactement comme Gabriel quand il est irrité.

— Non.

— Pourquoi pas ?

— Il a assez souffert, répond-il entre ses dents serrées.

Il passe la porte et disparaît.

Je retourne à ma table et m'assois avec mon espresso, perdu dans mes pensées. Même s'il n'était clairement pas ravi de passer un peu de temps avec moi, il m'a aidé. Et il a dit qu'il me recontacterait s'il y avait un problème. S'il était complètement fermé à ma famille, il n'aurait même pas accepté de me rencontrer.

Je lève les yeux au plafond et laisse échapper un vif soupir. Il y a encore des raisons d'espérer. En plus, Silvia les a rencontrés, lui et ses frères. Elle sera peut-être la clef qui permettra de réunir les familles.

Sara

Je ne pense pas avoir eu une telle vie sociale depuis des années. Un verre avec les deux jumeaux Rourke, et maintenant une fête dans l'appartement de Silvia. Je suis passée en ville, à Columbia, pour rejoindre Chloé, et nous avons pris le métro vers l'arrêt Central Park sud, où vivent Silvia et son mari. L'immobilier y est coûteux, mais ce n'est pas aussi chic que ce à quoi je me serais attendue venant d'un membre de la royauté. Je pensais que Silvia aurait acheté une propriété à plusieurs millions de dollars dans le Dakota, où toutes les célébrités riches vivent. J'ai bien entendu dire que l'économie de la pêche était vacillante, à Villroy, et qu'ils l'avaient stimulée en utilisant leur industrie de la pêche pour fabriquer des cosmétiques haut de gamme. Le spa de jour et le casino ont été créés respectivement pour dorloter et divertir, mais tout a commencé avec des cosmétiques.

Chloé a à peine ouvert la bouche durant tout le trajet

jusqu'ici, parce qu'elle étudie pour un examen de chimie organique grâce aux notes sur son téléphone. Je m'inquiète pour cette fille. Je veux dire, elle a déjà fait le plus dur – elle a été acceptée dans la fac qu'elle voulait et suis plusieurs cours de sciences introductifs. Maintenant qu'elle est là, elle devrait relâcher un peu la bride.

Je lui adresse un regard. Elle porte son uniforme habituel, constitué d'un cardigan, un débardeur et un jean. C'est une tenue à toute épreuve, qui fonctionne par tous les temps. Parfois, elle ôte la veste, et parfois elle la garde. Waouh ! Elle possède toute une palette de couleurs neutres qu'elle mélange et associe. Aujourd'hui, elle porte un cardigan rose par-dessus un débardeur beige. Elle ne perd pas de temps à se préoccuper de la mode. Nous nous ressemblons – les mêmes cheveux blonds et yeux verts – sauf qu'elle est menue, avec des pommettes fines et une moue au niveau de la lèvre supérieure qui la fait ressembler à un ange. Avant, c'était un vrai petit démon. Maintenant, elle ne songe plus qu'à étudier.

— OK, range ton téléphone, lui dis-je en lui donnant un petit coup dans les côtes.

— Aïe ! s'écrie-t-elle, ses yeux lançant des éclairs.

— Arrête d'étudier. Nous allons entrer dans le bâtiment.

Elle range son téléphone dans son sac à main.

— Tu n'étais pas obligée de me frapper !

— Si, parce que tu ne m'entends pas, autrement.

Je fais la mère, sauf que je suis sa grande sœur.

Elle plonge dans le silence, et je la vois articuler des mots entre ses dents. Elle n'est pas du genre à se montrer insolente. Elle récite probablement des formules scientifiques.

Je claque des doigts devant son visage pour rompre sa transe de formules.

— Comment se passent les cours ?

— Merveilleusement bien ! Mon conseiller a conçu l'emploi du temps parfait pour que je passe un double diplôme de biologie et de chimie, tout en terminant quand même le cursus en trois ans.

— Doublement diplômée dans trois ans ? Pourquoi tu n'étudies pas plutôt la combinaison biochimie ?

Un sourire serein éclot sur son visage.

— Parce qu'il y a tellement de cours que j'ai envie de suivre à la fois en biologie et en chimie. J'ai besoin du double diplôme.

Nous nous arrêtons devant le comptoir de la réception et annonçons notre arrivée. Cet endroit était autrefois un hôtel, avant de devenir un immeuble d'appartements.

— Silvia dit qu'elle sera là dans une minute, annonce l'employé.

— Merci, dis-je avant de me tourner vers Chloé. Tu es déjà allée à une fête ?

— Tu sais que je ne suis pas du genre à faire la fête. C'est une perte de temps.

— Tu t'es fait des amis ? Tu sors un peu ?

Ça fait un peu plus de trois semaines qu'elle a commencé l'école, et je crains qu'elle ne passe tout son temps à étudier.

— Je suis dans un groupe d'étude. Nous sommes cinq, parfois quatre.

— Il y a quelqu'un de mignon ?

Elle roule des yeux.

— Je ne cherche pas de petit ami. Je suis très concentrée sur mes objectifs, en ce moment. Trois ans, et ensuite, j'aurais l'école de médecine d'Harvard en ligne de mire.

Et ensuite, sa carrière consistera à rester enfermée dans un laboratoire.

— Tu pourrais rejoindre un club.

— Il y a bien un club de tutorat, pour aider les élèves de lycées défavorisés.

Je manque de me donner une tape sur le front, parce qu'elle ne comprend pas. Non pas qu'il y ait quoi que ce soit de mal à entrer dans ce genre de club. Elle était une élève de lycée défavorisé il n'y a pas si longtemps. Je voudrais simplement qu'elle se socialise avec des gens de son âge.

— Je compte aussi me porter volontaire à l'hôpital, continue-t-elle. Ça commence le mois prochain.

Elle rencontrera peut-être un docteur. Ce ne serait pas si mal, étant donné qu'elle veut être médecin, elle aussi. Je voudrais juste qu'elle ait une expérience d'université relativement normale – des amis, des petits amis, peut-être une nuit turbulente de temps en temps. Le genre d'expérience que je n'ai jamais pu avoir. Je veux tout, pour elle.

— Vous êtes là ! s'exclame une voix féminine.

Nous nous tournons toutes les deux et découvrons Silvia qui nous adresse un sourire rayonnant.

— Merci d'être venues malgré l'invitation tardive !

Elle m'étreint, puis se tourne vers Chloé.

— Regarde-toi ! Tu as tellement grandi !

Elle la serre dans ses bras, et Chloé l'étreint avec raideur en retour.

Silvia s'écarte.

— Est-ce que tu te souviens de moi ? Tu n'avais que cinq ans la dernière fois que je t'ai vue.

Chloé plisse les yeux.

— Vaguement. Je me souviens de la plage, et que vous aviez une tente blanche sous laquelle tu passais beaucoup de temps, avec une pile de livres.

Silvia sourit.

— Et je t'ai aidée également à construire des châteaux de sable que tu détruisais.

Elle nous fait signe de la suivre, sa queue de cheval se balançant au rythme de ses pas. Elle porte un chemisier en soie rose, un pantalon gris foncé et des bottines noires en daim. Je suis contente de m'être bien habillée, avec mon sweater vert au col en V, mon jean noir et mes ballerines noires. Généralement, je porte un tee-shirt et un short ou un jean, à moins de travailler.

— Par ici, nous allons prendre l'ascenseur.

Nous la suivons.

— Mon frère Adrian sera bientôt là, dit Silvia à Chloé. Est-ce que tu te souviens de lui ? C'est mon jumeau.

Chloé hausse une épaule.

— Très vaguement aussi. Il jouait aux cartes avec Sara.

— Et c'est toujours le cas, n'est-ce pas, Sara ? demande Silvia. Il m'a dit qu'il avait rejoint l'une de tes soirées-poker.

— Il s'est plutôt invité tout seul, marmonné-je.

Silvia rit.

— Il n'a jamais pu laisser passer une bonne partie de poker. Il n'a plus autant l'occasion de jouer maintenant qu'il gère le casino.

Elle nous sourit à tous les deux.

— C'est tellement génial. Je n'arrive pas à croire que j'ai l'occasion de vous revoir après toutes ces années.

Les portes de l'ascenseur s'ouvrent au dernier étage, et nous la suivons dans un appartement qui fait le coin de l'immeuble. La première chose que je vois, c'est un mur de fenêtres face à Central Park. Le salon est large et comporte un bureau près de la fenêtre, avec un ordinateur portable et un coin-détente occupé par un canapé en daim brun et deux fauteuils bleu turquoise disposés autour d'une table basse en verre. En face, il y a une salle à manger avec une table noire en bois et six chaises en bois assorties.

Un homme immense sort de la cuisine adjacente. Il a une barbe, ses cheveux blond sale sont noués en une queue de cheval basse, il est grand, massif et musclé. Je l'aurais presque qualifié de hipster, mais il ressemble trop à un bûcheron. Il ne ressemble pas au genre d'homme que j'imaginais Silvia choisir. J'étais certaine qu'elle aurait envie d'un rat de bibliothèque comme elle – un type à l'allure académique, bien rasé et aux cheveux coiffés avec la raie au milieu.

Silvia s'accroche à son bras.

— Cade, j'aimerais te présenter mes plus vieilles et plus chères amies, Sara et Chloé. Voici Cade.

Ma gorge se serre inopinément. Silvia me considère comme une amie chère ? Et je ne suis pas restée en contact. Je m'en veux terriblement. Mes défenses étaient levées, je m'efforçais en permanence d'empêcher la douleur de me frapper à nouveau aux souvenirs de Villroy et de mes parents. J'espère ne pas l'avoir blessée en me protégeant.

Cade sourit et nous serre toutes les deux la main chaleureusement.

— Ravi de vous rencontrer. Je n'ai pas eu beaucoup de temps, alors nous mangerons du poulet rôti, des pommes de terre et du chou. L'une d'entre vous est-elle végétarienne ?

— Non.

— Je songe à essayer, dit Chloé d'un ton pensif. Mais j'attendrais que votre dîner soit passé.

Je la dévisage. C'est nouveau, ça. Elle ne m'en a jamais parlé. Elle me dit tout, d'habitude.

— J'ai essayé pendant un an à la fac, dit Cade. Je n'ai pas pu m'y tenir. Je n'achète que de la viande élevée en plein air, pour que ce soit meilleur pour nous et pour l'animal.

Silvia passe ses bras autour de sa taille et l'étreint brièvement.

— Cade est le chef, dans cette maison. Je nettoie le désordre.

Il l'embrasse.

— Je ferai mieux d'aller surveiller le dîner.

Il disparaît dans la cuisine.

Je me dirige vers la vue de Central Park, jetant un œil dans la cuisine en passant. Elle est petite, mais moderne, avec des appareils en acier inoxydable et des placards en bois sombre. Je me demande à combien est le loyer, mais je ne pose pas la question. Je suis sûre que c'est bien plus que ce que je peux me permettre.

— Je nous ai pris du champagne pour célébrer notre réunion, dit Silvia en apportant la bouteille et des verres jusqu'à la table basse. Je vais attendre qu'Adrian arrive pour porter un toast.

L'interphone sonne.

— Quand on parle du loup ! s'exclame-t-elle en faisant un geste vers lui.

Elle appelle au rez-de-chaussée pour qu'on le laisse monter. J'imagine qu'il connaît le chemin. Elle se tourne à nouveau vers nous.

— Oh, Chloé, tu préfères peut-être de l'eau pétillante ? J'avais oublié que tu n'étais pas encore majeure.

— Un verre ne lui fera pas de mal, observé-je.

— Je préfère de l'eau, dit Chloé. Je vais devoir étudier plus tard dans la soirée et j'aurais besoin d'avoir les idées claires.

Silvia sourit.

— Sara m'a dit que tu étais une excellente élève. Tu veux devenir médecin, c'est ça ?

— Oui, répond Chloé. Je veux être chercheuse. Je compte trouver un remède contre le cancer.

Elle a dit ça de manière désinvolte, pas du tout pour d'un ton vantard, son expression parfaitement sérieuse.

Silvia m'adresse un regard, ses lèvres s'étirant en un petit sourire, avant de se tourner à nouveau vers Chloé.

— C'est très impressionnant.

— Je n'essaie pas d'impressionner, répond Chloé. J'essaie d'aider l'humanité.

— Eh bien, il faut bien que quelqu'un le fasse, dit Silvia avec un rire.

Chloé ne rit pas. Elle n'est pas du genre à plaisanter ou à dire des sottises. Ce côté joueur chez elle est mort avec nos parents. Je ne peux pas l'en blâmer, mais j'espérais qu'elle retrouve ça à la fac.

On frappe à la porte, et je me tourne lorsque Silvia va ouvrir. Adrian et son garde, Jack, se tiennent dans l'entrée. Jack reste dans le couloir tandis qu'Adrian entre. Il serre sa sœur dans ses bras, son regard croisant le mien par-dessus son épaule. Mon visage rougit et se réchauffe. Ça ne m'est jamais arrivé après un simple regard.

Il s'avance vers moi, se penche en avant et dépose un baiser sur ma joue.

— J'ai besoin de te parler, plus tard.

Je me mets instantanément sur mes gardes. Il a fouiné dans mon business. S'il y a la moindre mauvaise nouvelle à propos des joueurs, je n'ai pas envie de savoir. Il n'attend pas ma réponse, se tournant à la place pour accueillir chaudement Chloé.

— Je me souviens de toi quand tu faisais cette taille, dit-il, baissant la main au niveau de son nombril pour montrer à quel point elle était petite. Et maintenant, tu t'apprêtes à devenir médecin.

— C'est ça, répond-elle.

— Comment ça se passe, à Columbia ? demande-t-il.

Chloé se lance dans une description détaillée de ses professeurs et de ses cours. Adrian écoute attentivement, ce pour quoi je lui accorde beaucoup de mérite, parce qu'il n'est pas toujours facile de suivre tout ce qu'elle étudie.

Quand Chloé ralentit enfin, Silvia nous invite à nous rassembler autour de la table basse pour un toast.

— Toi aussi, Cade ! lance-t-elle. Oh, et apporte aussi le Pellegrino.

Nous nous rassemblons tous autour d'elle et Silvia verse le champagne, ainsi qu'un verre d'eau pétillante pour Chloé. Puis elle lève son verre et attend que nous l'imitions.

Silvia nous regarde tous.

— Je veux juste dire que je suis tellement heureuse qu'on puisse être tous rassemblés à nouveau, et que j'espère que ce n'est que le début d'une merveilleuse amitié continue. À Sara et Chloé !

— À Sara et Chloé, répète Adrian avec un sourire chaleureux.

Une pointe de culpabilité me transperce. Ils sont si gentils avec nous. J'aurais vraiment dû reprendre contact plus tôt.

Nous faisons tous tinter nos verres. Chloé a l'air un peu perdue. Elle se souvient à peine d'eux. Moi, si, en revanche, et cela compte beaucoup à mes yeux.

— Le dîner sera prêt dans cinq minutes, dit Cade.

— Allons à la table à manger, dit Silvia en s'y dirigeant avec son verre.

Adrian tire une chaise et me fait signe de m'y installer. Encore ses manières de gentleman. Je ne peux réfréner un sourire.

— Est-ce qu'on vous apprend ça dans une école de formation pour prince ?

Il replace la chaise une fois que je suis assise.

— J'ai clairement dû endurer ma part de leçons d'étiquette douloureuses.

Il va pour aider Chloé, mais elle s'assoit aussitôt toute seule. Je ne pense pas qu'elle ait même remarqué sa tentative.

Adrian s'assoit face à moi et se tourne vers Silvia.

— En parlant de douleur et de réunions, j'ai rencontré Dylan hier.

Il se tourne vers moi et Chloé et ajoute :

— C'est mon cousin, du côté de ma famille qui a été exilée.

— Comment cela s'est-il passé ? demande Silvia. N'est-il pas un véritable amour bourru et grognon ?

Adrian presse les lèvres l'une contre l'autre.

— Il était bourru, ça, c'est sûr, mais il a accepté de me rencontrer, et il a pu m'aider. Bref, il n'était pas très intéressé par une réunion de famille, mais je pense qu'il serait temps. Maintenant que Gabriel et Anna sont au pouvoir, je pense qu'on pourrait lever l'exil et les accueillir à nouveau à Villroy.

— Mais est-ce qu'ils voudraient revenir ? demande Silvia. J'ai rencontré Dylan et ses frères, et ils étaient assez sympas, mais chaque fois que je mentionnais la maison, ils prenaient un ton amer.

— Raison de plus pour les ramener au bercail.

— Tu peux toujours essayer.

— *Tu* vas essayer. Dylan a une haute opinion de toi. Je pense que tu pourrais constituer la dose de douceur qui rééquilibrera toute l'amertume qui persiste.

Elle sourit et nous parle d'un ton conspirateur, à Chloé et moi :

— Mon frère a une très haute opinion de moi.

— Il faut que ce soit toi, dit Adrian.

Elle incline la tête.

— Je vais essayer. Je devrais d'abord en parler avec Gabriel et Anna.

— Tu sais bien que Gabriel ferait n'importe quoi pour toi.

— OK, OK ! s'exclame Silvia. Tu es devenu tellement pètesec depuis que tu es patron de casino.

Elle dit cela avec beaucoup d'affection, clairement fière de son frère.

— En parlant de ça, dit Adrian en se tournant vers moi. Est-ce que tu as réfléchi à ma proposition de rentrer avec moi pour visiter le casino ? J'adorerais avoir ton opinion sur la gestion de l'endroit.

Mon sang se glace et ma poitrine se comprime. *Respire !* La vérité, c'est que j'ai peur que toute la peine me submerge à nouveau, mais je ne peux pas admettre que j'ai trop peur d'y faire face. Je veux qu'il me pense forte, compétente, qu'il pense que j'ai totalement tourné la page. Ils sont morts il y a douze ans. Cela ne devrait pas avoir encore une telle emprise sur moi. Je déglutis avec difficulté.

— Sara ? insiste Adrian.

Je jette un œil à Chloé et réalise que j'ai une raison parfaitement légitime de ne pas partir – elle a besoin de moi.

— Je ne peux pas. Chloé est ici. Elle vient de commencer les cours.

Chloé hausse un sourcil. Je lui envoie un message télépathique insistant : *C'est la vérité ! Tu es ma responsabilité. Je suis ton tuteur légal.*

— Juste pour une courte visite, dit Adrian. Chloé ne vit-elle pas dans une résidence universitaire, maintenant ?

— Si, répond Chloé, avant de se tourner vers moi. Je m'en sortirais très bien si tu pars pour quelques jours. En fait, je me débrouillerais parfaitement même si tu voulais rester plus longtemps.

Elle coince ses cheveux derrière ses oreilles, ses joues rougissant.

— Je ne suis plus une enfant, Sara.

Je l'ai embarrassée.

— Je le sais bien. Mais et si tu avais besoin de quelque chose ? Et qu'en est-il de notre dîner hebdomadaire ?

— Je. me. Débrouillerai, articule lentement et clairement Chloé.

Maintenant, c'est moi qui suis embarrassée. Mes joues sont brûlantes. C'est presque comme si elle n'avait plus besoin de moi. Comment est-ce possible ? Chloé dépend de moi pour absolument tout depuis qu'elle a six ans. C'est plus douloureux que je l'aurais cru possible, une peine creuse et vide dans ma poitrine. Le seul lien que j'ai conservé dans ma vie est en train de se détacher de moi. Je fixe la table, songeant à toutes les manières dont j'ai été là pour elle – en l'aidant pour ses études, en cuisinant pour elle (ou en lui apportant ma portion de nourriture), en étant sa confidente, en allant chez le médecin ou le dentiste avec elle, en payant nos factures, en lui achetant tout ce dont elle avait besoin.

Ma découverte pitoyable du rôle non essentiel que j'ai

dans sa vie est interrompue par l'arrivée du dîner. J'ai beaucoup de mal à me concentrer sur la nourriture. Chloé a grandi jusqu'à ne plus avoir besoin de moi. Je veux dire, je savais que cela finirait par arriver, je voulais que ce soit le cas, mais pas encore. Quand elle serait allée à l'école de médecine, ou peut-être dans sa dernière année de fac. Pas maintenant, trois semaines après son premier semestre. Est-ce pour cela qu'elle s'est montrée si silencieuse, ce soir ?

Je lui jette un regard alors qu'elle mange son repas avec son intensité étudiée habituelle ; son esprit est probablement à nouveau concentré sur son examen de chimie organique. Quand je ne regardais pas, elle a tourné la page. Maintenant, que suis-je censée faire ? Sur qui déverser tout mon amour et mon attention ? Il n'existe personne d'autre au monde en qui j'ai suffisamment confiance pour m'ouvrir à lui.

Je devrais peut-être adopter un animal de compagnie. *Nooon*. Ce n'est pas la même chose. Je veux récupérer ma petite sœur.

Le dîner passe en un éclair. Silvia fait suffisamment la conversation pour tout le monde.

Je n'arrête pas d'observer Chloé. Est-elle heureuse ? Est-ce que j'en ai fait assez pour elle ? Est-elle vraiment prête à vivre seule, sans moi ?

Je me dis que je l'ai laissée tomber. Je lui ai appris à travailler dur, mais j'ai oublié de lui apprendre à s'amuser. Mais peut-être que ce sont les études qui la rendent heureuse. J'aimerais simplement la voir exprimer un peu de joie de temps en temps. Je n'ai pas vu le moindre signe de jubilation chez elle depuis la dernière fois qu'on est allé à Villroy. L'île pourrait-elle faire remonter à la surface un peu de l'ancienne Chloé ?

Je dis n'importe quoi. Il n'y a rien de magique au sujet de Villroy. Cela ne m'apporterait clairement rien d'autre que du chagrin.

Dès que nous avons fini le dessert, Chloé prend la parole :

— Merci pour cet excellent repas. Bien meilleur qu'à la cafétéria, mais je dois rentrer. J'ai encore beaucoup de révisions à faire.

Elle se lève brusquement, pressée de rentrer.

— Il est temps pour une nuit blanche, hein ? demande Silvia. Je me souviens de ça.

Chloé la dévisage.

— Je ne fais jamais de nuit blanche. Je planifie mon temps à la perfection pour l'éviter. C'est mauvais pour la santé de rester debout toute la nuit, et on retient peu de choses quand on manque de sommeil.

— Tu es maligne, dit Silvia. Maintenant, je vois pourquoi tu veux devenir médecin.

— Tu veux que je te dépose ? demande Adrian à Chloé en se levant. Mon chauffeur est là. Je peux vous ramener toutes les deux chez vous.

Il tourne les yeux vers moi.

— Je vis à l'écart de Brooklyn, dis-je, me levant et passant la lanière de mon sac à main sur mon épaule. Je vais juste prendre le train.

— Oh, allez, lance Silvia. Tu préfères prendre les transports en commun au lieu de faire le trajet avec Adrian ? Oups. Vous êtes en froid, tous les deux ?

Je rougis, même s'il ne s'est rien passé. J'ai surtout peur de ce qu'il se passera si je n'arrête pas de passer du temps avec lui seul à seule. Il y a trop d'alchimie entre nous, ce qui rend dangereux de me rapprocher de lui. En même temps, refuser son offre maintenant serait une insulte.

Je plaque un sourire sur mes lèvres alors qu'Adrian réduit la distance entre nous, mes joues et mon cou se réchauffant.

— Je serai ravie que tu me raccompagnes. Merci.

Adrian m'étreint l'épaule tout en se penchant vers moi.

— Bien, grogne-t-il dans mon oreille. Parce que tu venais avec moi de toute façon.

Je lui adresse un regard dur, m'efforçant de dissimuler ma réaction à cette voix autoritaire. Ma peau s'est couverte de chair de poule et mon pouls est devenu irrégulier.

— Tu es vraiment pète-sec.

Et aussi indépendante que je puisse être, j'aime beaucoup trop ça.

Il me fait un clin d'œil.

— C'est M. Pète-sec, pour toi.

Il baisse les yeux sur mes bras, où la chair de poule me trahit. Il sourit et mes joues s'enflamment.

Quelques minutes plus tard, nous nous disons au revoir et descendons jusqu'à sa voiture avec son garde. Adrian a appelé en avance pour demander à son chauffeur d'amener la voiture devant le bâtiment. Nous nous serrons tous les trois sur le siège arrière et je me retrouve au milieu, entre Chloé et Adrian. Il y a suffisamment de place et je ne suis pas écrasée entre eux, mais j'ai très conscience comme Adrian est proche de moi, son odeur épicée me submergeant. La chaleur de son corps me donne envie de me presser contre lui et de humer son odeur. Je ne crois pas que j'arriverai encore à lui résister très longtemps.

Chloé tire son téléphone de sa poche et commence à étudier. Je peux voir les équations complexes sur l'écran. Si seulement elle envoyait un message à un ami, ou jouait à un jeu stupide, tout vaudrait mieux que ces études constantes. Je l'ai clairement laissée tomber, et maintenant c'est trop tard. Je ne sais pas du tout comment arranger ça, alors je me concentre sur autre chose.

Je me tourne vers Adrian.

— Tu as dit que tu voulais me parler de quelque chose, tout à l'heure. Qu'est-ce que c'était ?

Il jette un regard entendu en direction de Chloé.

— Elle étudie, elle s'est coupée du monde.

— J'ai parlé à mon cousin du projet immobilier de Yuri, dit-il en parlant à voix basse. Il connaît beaucoup de monde dans le domaine du bâtiment, et il dit que ce n'est pas une bonne opportunité. Le père de Yuri, qui dirige l'entreprise, ne paie pas ses sous-traitants et dilapide son argent aux jeux. Il est profondément endetté sur ses projets. Ça a l'air d'être un type louche.

Je prends un instant pour digérer ça, puis je réalise qu'il se renseigne sur mes joueurs.

— Pourquoi est-ce que tu posais des questions sur les affaires de mes joueurs ? Ils s'amusent et prennent du bon temps, c'est tout. Et puis, j'ai étudié leur profil avant de les inviter, pour m'assurer que personne n'était impliqué dans le trafic de drogue ou d'humains, ou quoi que ce soit de ce genre. J'ai des principes. Ce qu'ils font avec leur entreprise ne me concerne pas.

— S'ils investissent tous là-dedans, ils risquent de perdre tellement d'argent qu'ils ne pourront plus être tes joueurs. Et tu devrais te soucier de ce qu'ils font. Ils pourraient être liés à la mafia russe.

Je secoue la tête.

— Tu es ridicule. Ce sont des gens sympas.

— Ils sont sympas avec *toi*. Mon cousin a dit que la mafia russe était bien implantée, ici.

Je hausse une épaule de manière désinvolte. Mes joueurs ressemblent à n'importe quels hommes, ils ne pensent qu'à eux et prennent tout ce dont ils ont envie. Et ce dont ils ont envie, c'est d'une bonne partie de poker.

— Est-ce que tu t'en soucierais, s'ils en faisaient partie ? demande-t-il.

Je garde la bouche close, fatiguée de sa manière de fouiner dans mes affaires.

— Sara, insiste-t-il, sa voix réduite à un grognement féroce.

Mon corps réagit, s'éveillant dans un rugissement de désir – mes terminaisons nerveuses me picotent, mon estomac fait une pirouette et je ressens une attirance douloureuse et sourde. Bon sang.

Je me détourne, me concentrant plutôt sur ma sœur.

— Chloé.

Pas de réponse.

— Chloé ! répété-je en couvrant son téléphone de ma main.

Elle lève les yeux et cligne des paupières comme si elle sortait d'une transe.

— Hein ?

— Tu as besoin d'argent ? De vêtements ou de chaussures ? Quoi que ce soit ?

— Ça va, marmonne-t-elle en reportant son regard sur son téléphone.

Je regarde par la vitre, la gorge serrée. Elle a été le centre de ma vie, mon objectif depuis si longtemps. Je n'arrive pas à croire qu'elle n'a plus besoin de moi.

Quand on arrive devant sa résidence universitaire, je sors de la voiture et glisse un billet de vingt dans sa poche.

— Je t'aime. S'il te plaît, prends le temps de faire quelque chose d'amusant.

Elle plonge la main dans sa poche et en sort le billet.

— Sara ! Je t'ai dit que ça allait.

Elle essaie de me le rendre, mais je le pousse vers elle.

— Promets-moi que tu t'amuseras un peu.

— Travailler à l'hôpital est amusant.

— OK, dans ce cas essaie d'aller prendre une bière avec tes collègues après ton service, ou quelque chose.

Elle fronce les sourcils.

— On doit avoir vingt et un ans pour boire.

Comment ai-je pu élever quelqu'un qui suit à ce point les règles ? Je vous jure que je n'ai pourtant pas été si dure avec elle.

— Prends un soda, dans ce cas, je m'en fiche. Mais ne passe pas tout ton temps à étudier.

Elle semble perplexe pendant un instant, comme si je modifiais la programmation à laquelle elle était habituée.

— Tu es à la fac, maintenant, insisté-je. Tu es jeune et libre d'aller partout en ville. Amuse-toi.

— Tu devrais aller à Villroy avec Adrian.

Avant que j'aie pu lui expliquer toutes les raisons pour lesquelles c'est une terrible idée – mes parties de poker, les souvenirs déchirants de nos parents, mon besoin de rester à une distance raisonnable d'Adrian –, elle m'étreint brièvement et part en courant vers sa résidence.

Je remonte dans la voiture, démunie.

— Qu'est-ce qui ne va pas ? demande Adrian.

Je fais un geste vers la vitre et sa résidence.

— À quoi bon avoir fait tous ces efforts, si c'est pour qu'elle gâche toutes ses années de fac à étudier ?

Il m'adresse un regard étrange.

— Tu ne veux pas qu'elle étudie ?

— Si ! Mais je veux aussi qu'elle s'amuse.

— Comme toi.

Je prends alors conscience qu'elle ne sait pas comment s'amuser, parce que je ne lui ai jamais montré. J'ai travaillé dur, alors elle a travaillé dur aussi. J'aurais dû mieux équilibrer les choses pour lui montrer l'exemple. J'ai un goût amer de regret dans la bouche. Je peux ajouter cela à ma liste de regrets. Je regrette aussi de ne pas être restée en contact avec Silvia, ma précieuse amie. Je regrette d'avoir perdu Adrian, le gentil garçon qui a été autrefois mon héros. Maintenant, c'est un homme autoritaire qui fourre bien trop son nez dans mes affaires. Je n'ai pas besoin que quelqu'un me dise quoi faire. C'est mon boulot.

Je me mets sur la défensive, parce que je suis proche du point de rupture et que je n'ai *pas* envie de pleurer devant lui.

— Eh, ça n'a rien à voir avec moi. Je fais ce que je veux quand j'en ai envie.

— Peut-être qu'elle aussi, dit-il doucement.

— Je l'ai laissé tomber, murmuré-je, une boule se formant dans ma gorge. Et maintenant, c'est trop tard. Elle a grandi et tourné la page.

Une voix me nargue dans ma tête : *tous ceux que tu aimes t'abandonnent.* Mes yeux sont brûlants ; mon estomac se noue. Je déteste ça.

— Viens par ici, dit-il en passant un bras autour de moi, avant de m'attirer contre son épaule.

C'est si agréable que je ne proteste pas. Personne ne me prend jamais dans ses bras.

— Tu ne l'as pas laissée tomber, dit-il. Elle va très bien. Elle est intelligente, compétente, et elle fait ce qu'elle aime. Elle est si enthousiaste quand elle parle de tous ses cours et de l'éventualité de devenir médecin. Il n'y a rien de mal à ça.

— Elle passe à côté de toute l'expérience de la fac.

— C'est son expérience, et elle le fait à sa façon.

Il écarte mes cheveux de mon visage, et la chaleur et la tendresse de ce geste me bouleversent.

Je lève les yeux vers lui, et le besoin de réduire la distance me submerge. J'ai besoin d'être proche de lui. Je presse mes lèvres contre les siennes. Une décharge me parcourt. *Oui. C'est exactement ce dont j'ai besoin, de me perdre dans cette sensation, et de ne plus penser à mes regrets.*

Je l'embrasse à nouveau, plus brutalement, et il me mordille la lèvre inférieure en représailles. Le baiser se fait effréné, brûlant, charnel. Impossible de se méprendre quant à la direction que cela prend. Ses mains courent partout sur moi. Je suis brûlante, je meurs d'envie de monter sur ses genoux, mais j'ai besoin de plus que ce que je peux obtenir dans une voiture.

J'arrache ma bouche à la sienne et lâche :

— Passe la nuit avec moi.

Ses yeux se rivent aux miens.

— Allons dans mon hôtel, propose-t-il.

Il passe son pouce sur ma lèvre inférieure et se faufile entre mes dents pour le faire entrer dans ma bouche. Je suce son doigt et il émet un grognement.

Il aboie la nouvelle destination au chauffeur. Nous allons vraiment faire ça. Mon cœur tambourine dans ma poitrine.

Il se tourne à nouveau vers moi et prend mon visage entre ses mains, avant de m'embrasser à nouveau délicatement.

— Sara.

C'est tout. Un seul mot, prononcé avec tellement d'affection, de chaleur et de désir. Je fonds malgré ma carapace habituellement robuste.

— Adrian, dis-je dans un soupir.

Et nous ne prononçons aucun mot de plus. Une compréhension passe entre nous. Ça ne pouvait que se terminer ainsi. C'était aussi inévitable que le coucher du soleil, ou que notre réunion. Nous avons fait un pacte.

8

____

Adrian

Je suis dans la suite penthouse, ce qui veut dire que je dispose d'un ascenseur privé. Mon garde va dans sa chambre, à l'étage sous le mien, et je prends la main de Sara, entrelaçant nos doigts alors que nous montons jusqu'à ma suite. Ce moment me semble inévitable, comme si nous avons toujours été voués à nous retrouver de cette manière. Nous devions simplement atteindre l'âge magique de vingt-cinq ans pour que tout se mette en place. C'était dans les cartes – nous le savions étant enfants.

Elle m'adresse un regard en coin.

— J'aurais dû me douter que tu avais la suite penthouse.

Sa voix a l'air tendue. Est-elle nerveuse ?

Je lui étreins la main.

— Il y a quelques avantages au fait d'être un prince. Ça ne signifie pas que j'obtiens toujours ce que je veux.

Elle m'adresse un regard incrédule.

— Qu'est-ce que tu n'as _pas_ obtenu et que tu voulais ?

— Toi.

Une rougeur éclot sur ses joues, et elle reste silencieuse un instant.

— Eh bien, ce soir, tu peux m'avoir.

— C'est clairement ce que je vais faire.

Et après ce soir aussi, ajouté-je en silence. Je ne l'embrasse pas, même si j'en meurs d'envie. Mon désir est trop grand, et je ne veux pas faire l'amour dans un ascenseur, ni même sur le canapé du salon. Je veux l'emmener dans un grand lit, où je pourrais prendre mon temps avec elle.

Les portes de l'ascenseur ouvrent directement sur ma suite, qui occupe tout l'étage supérieur. Je la soulève dans mes bras et elle pousse un cri.

— Qu'est-ce que tu fais ?

Je traverse le salon.

— Je te porte jusqu'à mon lit.

Ses yeux verts sont écarquillés, ses joues et son cou sont rouges.

— Tu es un romantique caché, n'est-ce pas ?

— En fait, je suis extrêmement pragmatique. La manière la plus rapide de t'emmener au lit est de t'y porter. Tu vois ? On y est.

Je la dépose au centre du grand lit.

Elle écarte les bras et les jambes.

— Oh, mon Dieu, on dirait un gros nuage moelleux !

— Une couverture en plumes d'oie.

Je déboutonne ma chemise pendant qu'elle m'observe.

Elle se redresse sur un coude.

— Est-ce que c'est bizarre ? Qu'on se déshabille tous les deux après avoir été amis si longtemps ? Je veux dire, on se connaissait si bien, étant enfants.

Je lui adresse un signe du menton.

— Retire ton tee-shirt et je te répondrai.

Elle ôte son tee-shirt au col en V et le rejette de côté. Une vague de désir me submerge. Elle est succulente, ses seins couverts d'un soutien-gorge rose en dentelle.

— Alors ? demande-t-elle.

Elle porte encore son jean noir et ses chaussures, mais c'est un si beau spectacle que je ne peux attendre plus longtemps.

Je l'embrasse, la recouvrant de mon corps. Ses bras s'enroulent autour de mon cou et elle écarte les jambes pour me serrer contre elle. C'est parfait. Je l'embrasse, la caresse et la déshabille, adorant tout ce que je vois, sens et goûte. Sa peau est douce, lisse et a un goût de vanille. Je ne m'en lasse pas.

Elle repousse les couvertures de manière à être étendue sur les draps de soie et laisse échapper un léger soupir. Elle apprécie le luxe du lit, et j'apprécie de la voir nue dedans. Je me penche sur son corps, déposant des baisers à mesure que je descends.

— Adrian, dit-elle en passant les doigts dans mes cheveux. Ça fait si longtemps, pour moi. Maintenant.

Elle tire sur mes cheveux et ajoute :

— Je ne veux pas attendre.

J'ai à peine commencé. Je me redresse au-dessus d'elle, lui prends les mains et les cloue au lit. Je baisse la voix jusqu'au grognement grave qui lui donne la chair de poule.

— Il se trouve que c'est moi qui suis aux commandes.

Elle frémit, ses pupilles se dilatant.

— *J'adore* cette voix grondante.

Je souris.

— Je sais. Maintenant, dis mon nom quand tu jouiras.

— Oh, ce n'est pas toujours…

Elle s'interrompt, parce que j'ai glissé une main entre nous pour la caresser.

En quelques minutes, elle s'est mise à gémir. Puis, je fais mieux encore et glisse le long de son corps, avant de faire s'activer ma bouche là où mes doigts étaient une seconde plus tôt. Elle arque les hanches, en voulant plus, et je lui donne ce dont elle a besoin, glissant mes doigts en elle et la caressant de l'intérieur. Elle pousse un cri, ruant sauvagement, puis tout son corps frémit alors qu'elle jouit dans ma bouche. C'est incroyable, putain. Je suis tellement excité.

Je lève la tête. Elle s'écroule sur le matelas, la respiration lourde et les yeux grands ouverts, fixés sur le plafond.

Je remonte le long de son corps un baiser après l'autre et je souris.

— Tu as oublié de dire mon nom, remarqué-je.

Je l'embrasse et répète :

— Dis mon nom.

— Adrian, murmure-t-elle, passant les doigts dans mes cheveux et fixant son regard sur moi. Incroyable Adrian.

— Tu es prête pour la suite ?

Elle hoche la tête.

— J'ai douloureusement besoin de toi.

J'émets un grognement, descends du lit et récupère un préservatif dans la table de chevet. J'en ai toujours chez moi, juste au cas où. Je l'enfile et me tourne à nouveau vers elle.

Elle est à quatre pattes et me regarde par-dessus son épaule.

— Baise-moi.

Mon sexe bondit, et je ne perds pas une seconde, la prenant par les hanches et m'enfonçant profondément. Elle émet un hoquet et je grogne. Je ne peux pas aller lentement. C'est une chaleur intense et palpitante. Son corps m'étreint de manière rythmique ; elle est déjà en train de basculer à nouveau. Je glisse mes doigts entre ses jambes et elle laisse tomber sa tête en avant, répétant mon nom comme un mantra qui m'emplit la tête. J'ai envie de la posséder. Je veux qu'elle répète mon nom éternellement.

Elle se raidit, puis chavire, se balançant sous moi. Je lâche prise, m'enfonçant profondément encore et encore. Une salve de sensations enflammées explose en moi.

Seigneur. Ça n'a jamais été aussi intense jusqu'alors.

Je glisse une main le long de sa colonne vertébrale et lui étreins la nuque. Elle ronronne presque, tournant la joue contre l'oreiller et un sourire s'étirant sur ses lèvres.

Je me retire et m'étends à côté d'elle, lui caressant le dos.

Elle tourne la tête pour me faire face.

— Merveilleux.

Je ne peux m'empêcher de sourire. C'était merveilleux.

— La prochaine fois, je veux voir ton visage.

— Je préfère quand tu es derrière moi.

— Pourquoi ?

— J'imagine que c'est juste une question de sensations, le fait de ne pas, tu sais, s'étudier l'un l'autre. De juste y aller de manière basique et primaire.

Je l'embrasse.

— Il n'y a rien de mal à vouloir quelque chose de primaire, mais je veux voir ton expression quand tu perds la tête.

— Quelqu'un est bien sûr de lui.

Je la fais rouler sur le côté et l'attire tout contre moi, plaçant ma jambe entre les siennes et appliquant juste assez de pression pour attirer son attention.

Elle gémit.

— Tu es diabolique.

J'écarte ses cheveux blonds et doux de son visage.

— Sara, ce n'était pas l'affaire d'une seule fois. Tu le sais, n'est-ce pas ?

— Tu veux parler d'une relation ? Sérieusement ?

Je mordille sa lèvre pour s'être moquée de moi, et elle répond par un baiser effréné et passionné. Je ne m'attendais pas à ça, mais je suis le mouvement. Il serait impossible de ne pas le faire. Elle essaie de grimper sur moi, alors je roule sur le dos et la laisse faire, écartant ses jambes sur moi.

— Regarde ce que tu m'as fait faire, dit-elle avec un sourire rayonnant. J'ai à nouveau envie de toi.

Je tiens son visage entre mes mains, sentant qu'elle évite d'aborder l'intensité de ce qu'il y a entre nous.

— Je ne te demande pas de promesse, mais ça, là, toi et moi, ce n'est pas un coup d'un soir standard. Nous avons un passé. Tu fais partie de moi, exactement comme je fais partie de toi. C'est bon, très bon. Je ne te laisserai pas partir si facilement, cette fois.

Elle me dévisage un instant, puis son expression se ferme. Elle a un bouclier très solide autour du cœur. Je ne suis pas sûr qu'elle ait jamais laissé quelqu'un le traverser, mais elle peut me faire confiance.

— Sara.

Elle descend de mon torse et s'écroule sur le dos, vibrant presque de tension. Je ramène la couverture sur nous deux, puis j'attends. Je sens qu'elle essaie de décider si elle va rester avec moi et ce qu'il y a entre nous, quoi que ce puisse être, ou se remettre sur la défensive. Je commence à comprendre comment elle fonctionne.

Finalement, les yeux fixés sur le plafond, elle dit :

— Le long terme, ce n'est pas pour moi, et les relations non plus. Ça n'a rien de personnel. C'est juste que… je ne peux pas.

Je me soulève sur un coude pour la regarder dans les yeux.

— Tu es en train de me dire que tu n'as jamais eu une relation amoureuse ?

Elle relève le menton.

— C'est ça. Par choix.

— Les relations sont un mauvais pari.

Elle se détend.

— Oui ! Si tu penses la même chose que moi, alors on peut se contenter de s'amuser, tous les deux.

— J'ai effectivement pensé la même chose pendant très longtemps, mais c'était peut-être juste que je t'attendais.

— Adrian, dit-elle d'une voix étranglée, ses yeux s'emplissant de larmes.

— Nous étions proches, et ça m'a tué de ne plus t'avoir dans ma vie. Je n'ai jamais cessé de penser à toi, d'espérer que tu allais bien. Pourquoi ne pas avoir gardé le contact ? Silvia et moi avons tous les deux essayé de te contacter.

— Je suis désolée, dit-elle, clignant des yeux pour repousser ses larmes. Je ne pouvais pas. Vous étiez tous les deux reliés aux souvenirs de mes étés à Villroy avec mes parents, et je ne pouvais pas repenser à ça. Ça m'aurait brisé le cœur, et j'avais besoin d'être là pour Chloé.

Je l'embrasse.

— Silvia a deviné qu'elle et moi devions être trop liés à tes souvenirs de Villroy.

Elle me caresse les cheveux.

— Maintenant que je vous ai revu tous les deux, je regrette d'avoir laissé passer autant de temps.

J'enfouis mon nez dans son cou et hume son odeur.

— Pas de regrets. Nous allons nous créer de nouveaux souvenirs ici. Pour plus qu'une nuit. Je ne peux pas te dire au revoir aussi tôt.

— Tant que tu es en ville. Tu pars vendredi, c'est ça ?

— Oui.

Et j'ai envie de t'emmener avec moi, ajouté-je en silence. Nous sommes mercredi soir, ce qui veut dire qu'elle m'accorde deux jours de plus. J'ai besoin de plus de temps.

Je ne peux pas quitter Villroy. Ils comptent sur moi pour faire du casino un succès et donner à notre économie le dernier élan dont elle a besoin pour être viable à long terme. Pour la première fois de ma vie, mon royaume a besoin de moi, et je ne laisserai pas tomber Villroy. C'est mon héritage, et je veux que Sara en fasse partie. Je sais qu'elle ne pouvait faire face aux souvenirs de Villroy quand elle était plus jeune, mais cette Sara – forte et compétente comme elle est – peut le supporter. Elle pourra rendre visite à sa sœur. Chloé n'a plus autant besoin d'elle, maintenant qu'elle est adulte.

Elle sourit, l'air soulagée.

— OK, on a jusqu'à vendredi, et ensuite on restera en contact.

Ce n'est pas suffisant.

— OK ? insiste-t-elle, me suppliant presque de jouer le jeu.

Clairement, elle a besoin de plus de temps.

— OK.

Elle se blottit contre moi et pousse un soupir.

Il ne fait aucun doute, dans mon esprit, qu'il y a un avenir pour nous. J'ai l'impression d'avoir passé toute ma vie à l'attendre. Elle n'est pas prête à entendre ça pour l'instant. Je dois choisir le bon moment.

Sara

Adrian est resté deux semaines de plus qu'il l'avait prévu, et ça me va. Plus que ça, même. Il avait raison, pour nous. Ça semble facile, comme si nous avions repris là où nous nous étions arrêtés, ça n'a pas le poids d'une relation amoureuse. Il part demain, et il va vraiment me manquer. J'espère qu'il me rendra visite régulièrement. Le fait qu'il soit le patron et qu'il ait accès à un jet privé fait que c'est une vraie possibilité. C'est le genre de lien que je peux gérer. Il y a des frontières naturelles qui font en sorte que cela reste occasionnel.

Nous sommes jeudi en fin d'après-midi et je dois me préparer pour la partie de poker de ce soir. Nous serons dans cet hôtel branché d'un quartier bohème de l'autre côté de la ville. J'ai réservé une suite et commandé de la nourriture dans le quartier juif – des blinis au fromage et du rugelach – et beaucoup de fruits frais. Il est nécessaire que je change toujours un peu, pour qu'il y ait toujours une agréable surprise quand les joueurs arrivent pour la partie.

Adrian examine mon studio. Nous avons passé la plupart de notre temps ensemble dans son hôtel ou en ville.

— Tu vivais ici *avec* Chloé ?

Je ris.

— Je sais que c'est tout petit, mais nous avions une technique. Tout était décidé à l'avance, du partage de la salle de bains aux repas. Elle faisait le petit-déjeuner et je faisais le dîner, où bien j'en rapportais du restaurant. Nous partagions le canapé-lit. Il se déplie en lit de taille moyenne.

Il observe le canapé, qui a l'air assez vieux, puis tourne les yeux vers moi.

— Ce doit être difficile de te retrouver toute seule ici, après avoir été si proche de ta sœur.

Je suis stupéfaite par sa perspicacité.

— Oui. Ça a été dur. Je n'ai jamais vécu seule.

Ma gorge se serre alors que j'ajoute :

— C'est comme si j'avais perdu la meilleure partie de moi-même.

Il hoche la tête.

— C'était un peu pareil quand Silvia et moi avons été séparés pour aller dans une université différente. Les jumeaux ont un lien très étroit, qu'ils partagent depuis qu'ils sont dans le ventre de leur mère. Elle est venue à Yale, ici aux États-Unis, et je suis allé à Cambridge, en Angleterre. Nous n'avions jamais été aussi éloignés l'un de l'autre jusqu'alors. Bien sûr, nous restions en contact et nous nous rendions visite, mais ce n'était pas la même chose. Le lien entre jumeaux est toujours là, mais il s'est étiré, tu sais, laissant entrer d'autres personnes entre nous. Elle a Cade, maintenant.

Je me rapproche, attirée par son honnêteté. La plupart des hommes ne se confient pas ainsi à moi.

— Vous avez l'air aussi proches qu'avant, à mes yeux.

Ses yeux noisette me fixent avec franchise.

— Nous sommes proches, mais c'est différent. Un peu comme pour toi et Chloé.

Elle se transforme en la femme qu'elle est vouée à devenir, et elle va de l'avant vers la prochaine étape de sa vie.

Je l'étreins, un geste inhabituel pour moi. C'est si agréable que quelqu'un comprenne vraiment ce que je traverse, en étant séparée de Chloé.

Il m'embrasse les cheveux.

— J'ai bien saisi ce qui te tracassait.

Je presse ma joue contre son torse, écoutant le battement régulier de son cœur.

— Oui.

— Avoir une jumelle féminine me donne une connaissance unique de l'esprit des femmes.

Un élan d'affection m'envahit, et je l'embrasse, puis je l'embrasse encore et encore. La flamme s'allume à nouveau, et nous nous arrachons nos vêtements.

Une seconde plus tard, il me soulève contre le mur. J'enroule mes jambes autour de lui, me raccrochant alors qu'il me pilonne, la bouche pressée contre mon cou et aspirant violemment ma peau. J'arque la tête en arrière et ferme les yeux, consumée par le brasier entre nous. Ses doigts se glissent entre nous, ajoutant un autre niveau d'intensité. Je suis haletante, les sensations me troublant l'esprit, le plaisir me submergeant. Sa bouche s'empare de la mienne et j'explose, un pétillement de plaisir qui me parcourt tout le corps. Il s'enfonce encore et encore, et je voudrais qu'il n'arrête jamais. Je bascule à nouveau, frémissant de jouissance, et cette fois il me suit, les lèvres pressées contre le côté de mon cou.

Nous restons ainsi un long moment, collés l'un contre l'autre et la respiration forte. Nous sommes des animaux – basiques et primaires. Aucune émotion compliquée qui fait mal et nous trahit par sa nature compliquée. Rien que les sensations brutes. C'est exactement ce que je veux.

Il lève la tête et fixe mon cou.

— Je t'ai marquée.

Je plaque une main sur mon cou, alarmée.

— Tu m'as fait un suçon ?

Il balaie ma main et passe un doigt le long de mon cou.

— Je ne t'ai pas ratée.

Il a l'air content de lui.

— Adrian ! Je vois les joueurs ce soir. À quel point cela se voit-il ? Est-ce que je peux le couvrir avec du maquillage ?

— Laisse-le, gronde-t-il d'une voix autoritaire à laquelle mon corps répond aussitôt.

Le désir s'accumule entre mes jambes, le trempant, là où il est encore enfoncé profondément en moi. J'entrouvre les lèvres, saisie par les sensations qui submergent la moindre pensée rationnelle.

Il retrousse les lèvres, une lueur entendue dans les yeux.

— Tu es *parfaite* pour moi.

Je suis sans voix et incroyablement avide de recevoir plus de plaisir de sa part.

Il me soulève pour se retirer de moi et me dépose sur mes pieds, me retenant par les bras pour me soutenir. Mes jambes sont si chancelantes.

Finalement, je retrouve l'usage de la parole.

— C'est un truc de mâle alpha, ce suçon ? Tu veux qu'ils sachent que j'étais avec toi ?

Il me tient la mâchoire d'une main, les yeux rivés sur les miens.

— Je veux que tout le monde sache que tu es à moi. Ce n'est pas un truc de mâle alpha. C'est un fait. Je t'ai revendiquée.

Je me réchauffe et mouille encore plus au contact de ses doigts autour de mon visage, à ses paroles et à ses yeux brûlants. J'ai envie de protester en affirmant que je ne lui appartiens pas, mais une partie de moi a envie d'être possédée par lui.

— Oui.

Il émet un grognement, ses lèvres recouvrant les miennes et sa langue s'enfonçant dans ma bouche. Adrian me revendique, et je m'abandonne à cette passion que je n'ai jamais connue avant lui. Je peux apprécier pleinement cette sensation, sachant que nous nous comprenons l'un l'autre, qu'il ne s'agit que d'une passade temporaire follement passionnée, avant qu'il rentre chez lui.

9
____

Adrian

Sara est sous la douche, se préparant à la partie. Je l'y rejoindrais bien, si elle n'était pas si minuscule. Je crois que je ne pourrais même pas me retourner sans me cogner les coudes sur les murs. J'examine son appartement. Il y a un minuscule placard. À l'intérieur, il y a sa petite valise à roulettes, où elle conserve les outils pour les parties, y compris le coffre pour l'argent. Elle a soit besoin d'un garde du corps soit, mieux encore, d'un job moins risqué. En travaillant dans mon casino, par exemple. Je dois d'abord la convaincre d'accepter de venir le visiter.

J'ai prolongé mon séjour ici parce que je veux être avec elle aussi longtemps que possible, mais je dois vraiment retourner au casino. Emma n'arrête pas de me demander quand je vais revenir, lassée de prendre ma place. Et je sais qu'elle n'est pas à fond dedans. Je suis le seul à pouvoir faire du casino un succès, et je veux Sara à mes côtés pour m'y aider. Elle dit qu'elle réfléchit à mon offre d'emploi, mais je peux sentir sa réticence. Elle essaie de m'apaiser, mais elle a peur de venir à Villroy. Je suis à peu près sûr que c'est ça, le problème, et pas moi.

Elle sort peu de temps plus tard, vêtue d'un col roulé vert foncé sans manches et d'un pantalon noir.

— C'est la seule chose que j'aie qui couvre ça mieux que du maquillage, dit-elle en m'adressant un regard triomphant.

Je m'avance vers elle et abaisse son col pour admirer mon suçon.

— Quel est l'intérêt de faire ça ?

Elle balaie ma main d'une tape.

— Ne te comporte pas comme un homme de Néandertal.

— Pourquoi pas ? Tu aimes ça.

Des taches roses éclosent sur ses joues.

— J'aime ça au lit. Nulle part ailleurs.

Je lui indique d'un geste l'endroit où nous venons de coucher ensemble.

— Contre le mur aussi.

Elle lève un doigt en l'air, une expression sévère sur le visage. J'attrape son doigt et le mords.

Elle se plaque contre moi, sa bouche s'écrasant contre la mienne et ses doigts s'enfonçant dans mes cheveux. Seigneur. Je suis dur comme la pierre, prêt à la prendre à nouveau. Je n'ai jamais vu une femme réagir à moi comme elle le fait. Elle lève une jambe, tentant de me monter. Je lui donne de l'élan et elle enroule ses bras et ses jambes autour de moi, gémissant dans ma bouche. Nous sommes passés de zéro à soixante en une morsure.

Je la dépose sur le canapé et la couvre de mon corps, m'installant entre ses jambes. Puis je lève la tête et je souris. Je ne peux pas m'en empêcher. Elle a tellement envie de moi qu'elle arrive à peine à garder ses vêtements.

— Laisse-moi te retirer cette jolie tenue.

Elle ferme les yeux et gémit.

— Qu'est-ce qui cloche chez moi ? Je dois aller là-bas pour tout préparer.

Je l'embrasse.

— Tu ne peux pas me résister.

— Je ne suis pas comme ça, d'habitude. Jamais.

— Tu m'attendais.

C'est ce que je ressens. J'espère qu'elle ressent la même chose.

Elle écarquille les yeux.

— Tu es tellement arrogant.

Je lisse ses cheveux en arrière et prends ses joues en coupe, soudain très sérieux.

— Tout comme moi je t'attendais. C'est pour ça que nous avons fait le pacte de nous marier quand nous aurions vingt-cinq ans. C'est pour cette raison que nous nous sommes retrouvés. Toi et moi. C'est le destin, comme la dernière carte distribuée. Le seul bon pari.

Elle pousse contre mon torse.

— Je dois partir.

Je ne la laisse pas se lever, parce que j'ai besoin de plus.

— Rentre à Villroy avec moi demain. Je veux que tu voies le casino.

Je l'embrasse et la regarde dans les yeux, tentant de lui montrer à quel point c'est important pour moi.

— Je veux que tu envisages de travailler là-bas. Je veux que tu nous envisages, tous les deux.

Elle cligne rapidement des yeux, comme si elle s'efforçait de ne pas pleurer.

— Adrian, murmure-t-elle. Je ne peux pas.

Elle a peur de Villroy, et peut-être qu'elle a peur de ce qu'elle ressent pour moi. C'est intense, je le sais, mais rien ne m'a jamais paru plus juste.

J'effleure ses lèvres des miennes.

— Juste pour une visite. Juste pour voir.

— Non.

Je m'écarte d'elle et lui prends la main pour l'aider à se redresser en position assise à côté de moi.

— Pourquoi pas ?

— Pourquoi ai-je besoin d'une raison ? Je ne veux pas y aller.

Je pousse un vif soupir.

— C'est à cause de Villroy, ou de moi ?

Elle croise les bras, s'étreignant la taille.

— C'est important ?

— Oui. Si c'est Villroy, je peux travailler là-dessus. Si c'est moi, alors je te laisserai tranquille.

Elle détourne les yeux de côté, l'un de ses tics révélateurs.

— C'est toi.

Ce n'est pas moi. Elle est aussi à fond dans cette relation que moi. Je le sais dans mes tripes. Elle a peur de voir Villroy, exactement comme elle avait peur de retourner dans l'eau après s'être ouvert le pied dans l'océan. Mais je suis resté avec elle, à l'époque, j'ai joué au poker avec elle et je l'ai embrassée, jusqu'à ce qu'elle soit assez détendue pour apprécier de retourner dans l'eau. J'étais son héros, à l'époque, et je serai son héros aujourd'hui.

— D'accord, dis-je.

Elle tourne vivement la tête vers moi, surprise.

— D'accord ?

— Hum hum.

— Tu ne vas pas me traîner là-bas par les cheveux ?

Je baisse la voix jusqu'à la transformer en ce grognement grave qui l'excite.

— Je vais probablement plus te bâillonner et t'attacher, te jeter sur mon épaule et te mettre dans mon jet privé.

Ses joues rougissent et ses pupilles se dilatent. Je peux lire en elle, et j'adore ce que je vois.

— Mais non. Je respecte tes souhaits.

Son visage se décompose.

— Oh. Merci.

Elle a l'air déçue. Bien. Je ne pars pas avant demain, et je veux qu'elle m'accompagne de son plein gré. Je dois juste la mettre assez à l'aise avec moi pour qu'elle puisse affronter sa peur de revoir Villroy. Nous nous ferons de nouveaux souvenirs là-bas, pendant aussi longtemps qu'elle sera prête à m'accorder. Je n'espère pas tout avoir. Juste une visite. Juste une chance.

Saisir leur chance, c'est ce que font tous les bons joueurs, sauf que ce pari est le plus risqué que j'aie jamais pris. Je mise tout là-dessus.

~

Sara

Je suis tentée par Adrian, vraiment. Et avec le jet, je pourrais aller à Villroy et être de retour à temps pour ma soirée-poker de mardi. Malgré tout, ma peur intense d'être à nouveau aspirée par mon chagrin me fait freiner des deux fers. Je veux dire, rien que le fait de penser à mes parents me fait mal au cœur. La moitié du temps, j'en oublie de respirer. J'ai peur que le fait de voir notre cottage, ou la plage où nous avons passé tant de temps me fassent m'effondrer. Les crises de panique me submergeront. Il m'a fallu si longtemps pour me reconstruire. Je lui ai dit non, et je m'y tiendrai.

Nous sommes dans la suite d'hôtel que j'ai réservée pour la partie. Je peux le sentir m'observer tandis que je prépare la table avec le batteur de cartes et les jetons.

— Quand est-ce que Gustavo arrive ? demande-t-il d'un ton désinvolte.

Mon croupier.

— Pourquoi ? demandé-je en tournant les yeux vers lui.

Il agite les sourcils.

Je ris, secouant la tête.

— Nous n'allons pas faire ça ici juste avant la partie.

— Il y a une chambre. Pourquoi pas ?

Je pose une main sur ma hanche.

— C'est un peu ta phrase fétiche, pourquoi pas ?

— C'est comme ça que je vis. Tu veux essayer quelque chose ? Pourquoi pas ? Autant y aller.

Il fait un geste vers la chambre.

Je secoue la tête en souriant. Puis je réalise soudain à quel point il est intrépide. Il fait ce qu'il veut, quand il en a envie.

— Tu as de la chance d'avoir cette mentalité. Je suis sûre qu'être le plus jeune, en plus d'être un prince, t'apporte beaucoup d'assurance et de soutien. Je n'ai jamais pu me reposer sur qui que ce soit d'autre que moi-même.

Il réduit la distance et me prend dans ses bras.

— Maintenant, tu m'as aussi, dit-il en pressant ma tête contre son torse. Profite du soutien.

Je ris, avant d'enrouler mes bras autour de lui et de pousser un soupir. C'est le paradis d'être soutenue par Adrian. Un paradis chaud, épicé et sexy.

— C'est grave que j'aie encore envie de toi ? demande-t-il.

Je lève la tête vers lui et souris.

— C'est très flatteur. Et mutuel, mais on ne peut pas coucher ensemble tout le temps.

— Pourquoi…

— Pas, terminé-je pour lui. Tu vois, je commence à saisir le truc.

Je m'écarte.

— Parce que j'ai des choses à faire.

Il tire un petit coup sur mes cheveux.

— Comme moi.

Je ris.

— Tu es incorrigible.

— Merci.

Quand les joueurs arrivent, je suis de très bonne humeur. Tout semble excellent, et je me sens très bien. C'est grâce à Adrian, je le sais.

Je peux sentir son regard posé sur moi alors que j'accueille mes joueurs. Je croise son regard et ma respiration se bloque dans ma gorge au brasier qui couve au fond d'eux. Je rougis et perds le fil de mes pensées alors que je range l'argent du prix d'entrée, un sourire collé sur le visage. De qui je me moque, avec cette histoire de passade ? C'est bien trop intense pour être qualifié de passade.

Les hommes se servent de la nourriture et des boissons, rapportent des shots de vodka avec eux à la table, où Gustavo attend pour distribuer les cartes. Adrian prend la place de Sergei à la table, comme il l'a fait durant les quelques parties précédentes. Les autres l'aiment bien. Je vais devoir étudier ma liste d'attente et trouver un autre joueur pour la partie de mardi, quand Adrian sera parti. Mon estomac se serre à cette pensée. Je sais que ce sera dur de dire au revoir, mais j'ai choisi de le laisser se rapprocher pour deux semaines, et maintenant je vais devoir affronter les retombées. Ce n'est pas un adieu, me rassuré-je. Nous allons garder le contact.

Les hommes commencent par leurs plaisanteries habituelles, et je souris en moi-même tout en rangeant le coffre d'argent avant de me percher sur une chaise non loin de là, faisant semblant d'être accaparée par mon téléphone tandis que je garde une oreille dressée vers la partie. Chaque fois qu'ils m'appellent par mon nom, je réponds immédiatement de manière enjouée. J'ai vraiment besoin de ces parties pour que les choses continuent à bien se passer. Je me suis ruinée pour couvrir le coût de la défaite de Sergei. Maintenant, je n'ai même plus l'argent nécessaire pour les frais de scolarité de janvier de Chloé. Avec un peu de chance, quelqu'un sera sur une bonne lancée et élèvera la mise. Dernièrement, les joueurs ont joué petit. Je ne sais pas trop ce qu'il se passe. Est-ce parce que Sergei n'est pas revenu ? Sont-ils en colère contre moi pour avoir expulsé leur ami des parties ? Il assure peut-être avoir payé sa dette et que je l'ai éliminé par rancœur. Je ne peux pas discuter de ça avec eux. Je suis la Radieuse Sara, une source d'amusement, pas de colère.

Quelques minutes plus tard, Ivan demande à Yuri où en est le projet du Queens, et le jeu s'interrompt complètement alors que tous les hommes posent une question après l'autre. Merde. Je crois qu'ils ont tous investi. Je ne peux qu'espérer qu'ils n'aient pas dépensé toutes leurs économies comme l'a fait Sergei.

Il n'est que minuit quand Ivan se couche.

— C'est tout pour moi ce soir.

Nooon ! La partie dure généralement beaucoup plus long-temps, et les hommes jouent de manière beaucoup plus relâchée à mesure que la soirée avance.

— Il est tôt, remarqué-je. Et si nous ajoutions un peu de Red Bull à cette vodka ?

La caféine et la vodka, un excellent moyen de vous soûler tout en vous gardant bien réveillé. Sauf que ces types ne semblent jamais très affectés par la vodka, juste détendus. Leur tolérance est incroyable.

— Une autre fois, répond Ivan en se levant.

Les autres hommes marmonnent à peu près la même chose et, un par un, ils décident que c'est tout pour ce soir. Je panique, prête à faire quelque chose de dingue, comme de proposer de couvrir les paris les plus élevés, quand Adrian intervient.

— Eh, vous devriez tous venir à mon casino, sur l'île de Villroy. Je pars demain en jet. Joignez-vous à moi. Je vous offrirai les accompagnements – boisson et repas gratuits, et vous pourrez loger au palais. Vous pourriez aller en jet jusqu'à Monte-Carlo pour visiter aussi leur casino. Beaucoup de célébrités se baladent dans ces deux endroits. Vous avez déjà entendu parler de Jackson Walker ? Il se produit dans mon casino.

Les hommes sont enthousiastes, parlant tous en même temps tant ils sont excités.

— Jackson Walker !

— C'est un dieu du rock.

— Une légende.

Yuri joue même de l'air guitare et se balance d'avant en arrière en secouant la tête.

Adrian m'adresse un regard.

— Sara, tu devrais également venir pour tout préparer là-bas pour une soirée-poker détendue dans une salle privée.

Je hoche une fois la tête, les lèvres pincées. Il m'a forcé la main. Je suis obligée d'y aller. Les hommes s'attendront à me voir là-bas, et j'ai besoin qu'ils pensent que je suis la clef vers leur amusement, et pas une employée de casino quelconque. Je ne peux pas perdre ces parties. Bon sang. Moi, à Villroy, l'endroit précis que j'espérais ne jamais revoir.

Adrian se tourne à nouveau vers le groupe.

— Je vous ramènerai chez vous d'ici dimanche soir.

— Bon sang, oui ! s'exclame Ivan. J'ai toujours voulu tenter ma chance à Monte-Carlo, et j'aimerais visiter ton casino aussi.

— Super, répond Adrian. Tu vas l'adorer. Il y a un spa juste à côté, si tu veux un massage. C'est offert par la maison aussi.

Il leur donne son numéro de téléphone et l'adresse de l'aéroport privé de New Jersey, leur disant que le vol part à dix heures du matin.

— Nous pourrons jouer pendant quelques heures le vendredi soir à Villroy. Vous pourrez loger dans les chambres d'ami du palais, passer le samedi à Villroy, et ensuite partir en jet jusqu'à Monte-Carlo pour jouer le samedi soir.

Les hommes sont emballés, et je me force à me joindre à leur enthousiasme. Ils s'en vont de bonne humeur, donnant des claques sur l'épaule d'Adrian et le remerciant. Ils me donnent de meilleurs pourboires que la dernière fois.

Dès que tout le monde est parti, je m'assois sur le canapé, me penche en avant et laisse tomber ma tête dans mes mains. Une part de moi est reconnaissante qu'Adrian ait sauvé une soirée qui se dégradait rapidement après une série de parties tout sauf exceptionnelles. L'autre partie de moi est en colère et effrayée. Je suis *obligée* d'y aller. Je suis obligée d'affronter le passé que j'ai fait tant d'efforts pour laisser derrière moi.

Et si les hommes ne voulaient pas revenir à mes parties locales après avoir goûté aux casinos européens sophistiqués ?

Adrian s'assit à côté de moi et me frotte le dos.

— Tu es en colère que je les ai invités ?

Je lève la tête.

— Je ne suis pas sûre.

— Dans ce cas, tu ne l'es pas.

Je me redresse.

— Tu m'as forcé la main. Et est-ce que tu vas vraiment les faire loger au palais ? Je croyais qu'il était réservé à la famille royale.

— Nous avons des chambres d'ami pour quand nous recevions des invités en lune de miel et durant les semaines spéciales femmes, avant l'ouverture du spa. Nous ne laissons entrer que les gens avec qui nous sommes amis. Ce n'est pas un problème. Tu seras avec moi dans fra suite de l'aile ouest. Ils seront dans l'aile est.

Je me tords les mains.

— J'ai l'impression d'être obligée d'y aller. Je n'aime pas qu'on me force.

— Tu n'es pas obligée de venir.

— Si, je le suis ! Si je veux conserver mes joueurs, je dois venir. Ils doivent me voir comme une clef nécessaire à leur amusement.

Ses yeux noisette sont fixés sur les miens.

— Et moi, alors ? Est-ce que tu veux me conserver aussi ?

Je détourne les yeux, incapable de soutenir son regard.

— Je t'ai déjà dit que je ne faisais pas dans les relations amoureuses.

— C'est parce que tu m'attendais.

Je pousse un grognement.

— Pourquoi ne pas nous faire gagner du temps en tenant les deux côtés de cette conversation ? Dis-moi ce que je ressens, puisque tu sembles tout savoir.

— OK. Tu as peur de Villroy et des souvenirs de famille qui s'y trouvent.

Je le dévisage, surprise qu'il sache ça.

— Tu veux que je sois ton héros, et c'est ce que je veux aussi. Tu tiens à moi, autant que je tiens à toi, et tu crains que cela signifie mettre ton cœur en danger. Tu n'es pas sûre que nous soyons un bon pari. Et je vais te faire gagner du temps, car la réponse est oui. Nous sommes un bon pari.

Je suis sans voix, évitant son regard. Les choses sont agréables entre nous maintenant, mais un océan nous sépare toujours. Je savais qu'il n'abandonnerait jamais son casino, et je ne peux pas abandonner ma sœur ni ma vie ici. Chloé ne pense pas qu'elle a besoin de moi pour l'instant, mais ce pourrait être le cas à n'importe quel moment. Je veux être assez proche pour la rejoindre dès qu'elle m'appelle. Je ne dis rien de tout ça, cependant. Je ne peux gérer qu'un seul tour-billon émotionnel à la fois, et le plus gros pour moi, en ce moment, c'est ce que Villroy représente – la perte des moments les plus heureux que ma famille ait passé. Mes parents – je n'arrive pas à reprendre mon souffle, mon cœur bat à tout rompre. Crise de panique. Ça faisait des années. *Non.* Je ne m'effondrerai *pas. Inspire, expire.*

Il repousse mes cheveux en arrière, puis prend ma mâchoire entre ses mains, me faisant relever le visage vers lui.

Je croise son regard fixe et me calme un peu.

— Ade, si j'y vais, il faut que ce soit différent. Je ne veux pas voir le cottage que je louais avec eux. Je ne veux pas voir la plage du nord, ni quoi que ce soit que nous avons fait à l'époque.

— Je ne peux pas te le promettre. C'est une île. Tu es forcée de voir quelque chose qui te rappellera des souvenirs. Mais je peux te promettre que tu passeras un si bon moment – en faisant une visite complète du casino, en jouant en poker à l'une de nos tables à hauts enjeux gratuitement, et en passant du temps avec ton serviteur – que Villroy deviendra une nouvelle série de souvenirs. Du genre que tu peux supporter.

Il m'adresse un sourire diabolique et ajoute :

— Je te jure que tu vas adorer, et si ce n'est pas le cas, je te rembourse.

Je lui adresse un sourire larmoyant.

— Je ne paie rien, espèce d'idiot.

Il m'embrasse, à peine plus qu'un souffle sur mes lèvres, qui me donne envie de plus.

— Il y a d'autres manières pour toi de me payer.

J'ai encore peur de ce qui m'attend, mais il me distrait avec ses baisers, me hissant sur ses genoux et me serrant contre lui. Je me dis que tant que je resterai concentrée sur Adrian, tout ira bien.

Il se lève en me portant dans ses bras, m'emmenant vers la chambre.

Je me blottis contre son torse chaud.

— Si je fais une dépression nerveuse, ce sera ta faute.

Je dis ça comme si je plaisantais, même si je crains que ce soit exactement ce qu'il se passe.

— Tu ne feras pas une dépression nerveuse.

— Tu n'en sais rien.

— Tu es forte et compétente. Tu peux le faire.

Il me dépose délicatement sur le lit et me couvre de son corps. Je l'étreins contre moi.

Il m'embrasse et serre ma mâchoire d'une main, me regardant dans les yeux.

— Merci, Sara, de courir ce risque avec moi.

— Tu es un bon pari, dis-je d'une voix tremblante.

J'ai envie que ce soit vrai.

Il sourit, son regard s'illuminant.

— Maintenant, tu comprends.

Il m'embrasse à nouveau, et je lâche prise, me perdant dans les sensations et laissant mes sombres pensées s'estomper. Elles reviendront bien assez tôt.

10

———————

Sara

Adrian et moi passons la nuit dans la suite d'hôtel, puisqu'elle est déjà payée. Il dort. Il est une heure du matin et je me glisse hors du lit pour ranger la table de jeu dans le salon. J'ai envoyé un rapide message à Chloé pour lui faire savoir que je serai absente pour plusieurs jours, en voyage à Villroy avec Adrian et les joueurs. Je ne m'attends pas à ce qu'elle soit levée, mais elle répond aussitôt.

Chloé : *À quelle heure est-ce que tu pars demain ?*

Moi : *Qu'est-ce que tu fais debout aussi tard ?*

Chloé : *Je lis.*

Moi : *Si tu as besoin de moi, je peux annuler.*

Chloé : *Je veux venir avec toi. J'espère que Villroy me rappellera des souvenirs de Maman et Papa. Je n'ai que quelques souvenirs flous – de Papa qui part travailler avec son sac d'ordinateur, et de Maman qui me hurle d'arrêter de sauter sur le canapé. Je ne m'en souviens que parce que je me suis cogné la tête sur la table basse et qu'on est allés aux Urgences. Après ça, elle m'a acheté une glace.*

C'est ironique, que je craigne de déclencher des souvenirs de nos parents, et que ce soit ce qu'elle cherche. Je n'avais pas réalisé qu'elle avait besoin de ça.

Chloé : *Et puis, ça risque d'être dur pour toi de te retrouver là-bas. Je veux que nous fassions ça ensemble.*

Je ne peux nier qu'il serait plus facile de l'avoir avec moi, et cela m'a tant manqué de ne plus passer de temps avec elle. Elle a un passeport, après avoir voyagé au Nicaragua l'été dernier pendant un séjour humanitaire. J'ai eu le mien en même temps, pour pouvoir aller là-bas aussitôt si elle avait besoin de moi.

Moi : *Et tes cours ?*

Chloé : *Je récupérerai les notes de quelqu'un pour les conférences. Je suis à jour avec mes études. Ne t'inquiète pas.*

Je souris. Je ne m'inquiéterai jamais pour ça.

Moi : *Nous partons à dix heures. Je ferai en sorte qu'une voiture te conduise à l'aéroport.*

Chloé *: Je suis impatiente.*

J'aimerais l'être aussi. Je redoute ce moment plus qu'autre chose. Je pianote rapidement une réponse. *Bien. Je suis contente d'y aller avec toi. Nos mini-vacances.*

Je vais faire mes valises. Bonne nuit.

Bonne nuit. Je t'aime.

Je t'aime aussi.

Je prends une profonde inspiration. Chloé sera à mes côtés. Adrian aussi, même si je sais qu'il sera occupé à rattraper son retard au boulot. En plus, je serai probablement si occupée avec mes joueurs que je n'aurais pas le temps de me concentrer sur quoi que ce soit d'autre. Je ne suis pas obligée de voir le cottage où ma famille se rassemblait pour des étés turbulents et joyeux. Il est probablement loué par de nouveaux touristes estivaux. Il n'y avait toujours que quelques cottages de disponibles à la location sur l'île, et la seule raison pour laquelle nous obtenions toujours celui-là, c'est parce que le couple âgé à qui il appartenait connaissait la famille de mon père, en France. Les propriétaires allaient en Angleterre tous les étés pour rendre visite à leur fille et sa famille. Je parlerai du cottage à Chloé au cas où elle ait envie de se rafraîchir la mémoire, mais je n'irai pas.

Je nettoie la pièce, des souvenirs pleins la tête…

L'odeur des cookies aux pépites de chocolat fraîchement sortis du four. Maman faisait toujours des cookies, au cottage. C'était clairement une activité estivale. Elle était trop fatiguée après le travail pour le faire durant l'année scolaire.

Mon père assis sur la petite terrasse arrière avec son café, admirant la vue de l'île et de la mer. Le cottage était presque en haut de la colline, le palais au sommet, et nous avions une vue spectaculaire.

Mon père parlant français avec les locaux. Il était originaire de France et se rendait à Villroy tous les étés quand il était petit. Il ne parlait jamais français, à la maison. Villroy faisait ressortir cette facette de lui-même.

Les longues journées de soleil, de sable et d'eau salée. Mes parents se tenant la main et se baladant partout. Puis cet été où ils avaient arrêté de se tenir la main, et où j'ai craint qu'ils ne divorcent.

Je n'ai jamais imaginé qu'ils puissent mourir. Cela ne m'a jamais traversé l'esprit. Pour moi, ils vivraient éternellement.

Un sanglot m'échappe, et je me couvre la bouche d'une main. Je ne veux pas qu'Adrian m'entende, alors je vais à la salle de bains, je verrouille la porte, j'allume la douche, j'entre au-dessous et je laisse tout sortir tant que le bruit de l'eau et de la ventilation couvre les sons. Cela fait si longtemps que je n'ai pas pleuré pour eux. Je savais que ce serait une torture. Ça vaut mieux qu'une crise de panique, malgré tout, ça fait *mal*.

Épuisée, je me sèche, me rhabille, ouvre la porte de la salle de bains et laisse échapper un cri.

Adrian se tient devant moi, le regard empli de compassion.

Il me serre dans ses bras sans un mot, m'étreignant avec force. Puis, il me guide jusqu'au lit et me blottit contre lui, un bras passé autour de moi. Je commence à trop m'habituer à être blottie contre lui, mais je n'ai pas la force de lever mes défenses habituelles pour garder mes distances. Au lieu de ça, je ferme les yeux et me laisse dériver vers le sommeil.

~

Le lendemain, les hommes sont motivés. Ils adorent le jet royal, et dès l'instant où nous sommes à bord, sur le tarmac, ils commencent à parier sur à peu près tout – l'heure de notre arrivée, le nombre de tables de poker dans le casino, et qui aura la plus belle barbe d'ici la fin du week-end. Je me suis occupée des préparatifs avec l'équipage pour fournir la nourriture, pour que nous ayons du caviar, du champagne, de la vodka et des fruits frais à bord. En plus de ce qu'ils proposent habituellement pour le service de repas. Je comptais payer ces demandes spéciales avec ma carte de crédit, mais Adrian a insisté pour me les offrir.

Il y a quatre rangées de sièges inclinables à l'avant, ainsi que quelques espaces assis composés d'un groupe de quatre chaises plus au fond. Je reste debout dans l'allée, attendant que Chloé monte à bord. Le jet est toujours sur la piste.

Sergei apparaît, me surprenant. L'un des hommes doit l'avoir invité.

— J'espère que ça ne vous dérange pas, Radieuse Sara. Je ne pouvais pas résister à un voyage gratuit.

Il me prend la main et y dépose un chèque plié.

Je résiste à l'envie d'y jeter un œil.

— Bien sûr, vous êtes toujours le bienvenu. Je suis contente de vous voir.

Dès qu'il s'est assis au fond, je regarde le chèque. C'est la moitié de ce qu'il me doit. Je savais qu'il avait l'argent ! Il était simplement nerveux qu'autant de gens soient là pour être témoins de ma visite de collecte, ce jour-là. Sans parler du fait que je l'ai rejeté. La moitié, c'est un bon début. Maintenant, j'ai l'argent nécessaire pour les frais de scolarité de janvier de Chloé, ainsi que ceux de cet été. Mais je ne couvrirai pas ses paris jusqu'à ce qu'il m'ait entièrement remboursée.

Chloé est la dernière à monter à bord, et les hommes deviennent silencieux. Elle porte sa tenue habituelle composée d'un cardigan, un débardeur et un jean. Un cardigan blanc avec un débardeur blanc assorti, aujourd'hui. Elle est mignonne. Quand elle sourit, son visage s'illumine et est vraiment beau, mais elle sourit rarement, seulement quand elle est enthousiasmée par quelque chose qu'elle apprend, ou quand elle esquisse un léger sourire de politesse.

Je me précipite en avant et l'étreins. Puis je me tourne vers les hommes.

— Je vous présente ma petite sœur, Chloé.

Chloé lève une main.

— Bonjour, les amis de Sara.

Je les pointe tous du doigt tout en lui indiquant leurs prénoms.

— Pas si petite, petite sœur Chloé, dit Ivan. Une vraie femme.

Je me raidis. Ils feraient mieux de ne pas même *penser* à essayer de flirter avec elle. Mais avant que j'aie pu dire quoi que ce soit, Adrian s'avance vers elle et l'accueille chaudement, proposant de ranger son sac à dos pour elle. Elle décline, voulant le garder avec elle pour étudier pendant le vol.

Je me tourne vers Ivan.

— Elle n'a que dix-huit ans. N'y pensez même pas.

— C'est assez vieux pour se marier.

— Je… commence Chloé.

— Chloé est là pour moi, terminé-je pour elle.

Puis, gardant une voix enjouée, j'ajoute :

— Et vous êtes trop vieux pour elle, de toute façon.

— Viens t'asseoir avec moi, Chloé, roucoule Sergei depuis un espace assis au fond.

— Non merci, répond-elle. Je m'assois avec Sara.

Sergei fait un geste vers moi.

— Radieuse Sara, joignez-vous à nous. Qu'on apprenne tous à mieux se connaître.

— Laisse tomber, dit Adrian en se tournant vers Sergei.

— Tu ne peux pas avoir les deux femmes, répond Sergei. Ne sois pas égoïste.

La voix d'Adrian se transforme presque en grognement :

— Les casinos de Villroy et de Monte-Carlo ne manquent pas de femmes. Les choses seront tellement plus plaisantes si tu respectes les souhaits de Sara. Je n'ai pas envie d'avoir à éjecter quelqu'un du jet avant le décollage.

Tout le monde se tait.

Je m'assois au premier rang à côté de Chloé. Elle met sa ceinture et ouvre son sac à dos, dont elle sort un cahier de statistique.

Je mets ma ceinture aussi.

— Je ne suis pas sûre que tu puisses beaucoup étudier, avec ces hommes autour de toi.

— Sara, siffle-t-elle. Tu m'as embarrassée. Tu me traites comme une enfant.

Je suis prise de court. *Moi ? L'embarrasser ?* Je suis parfaitement détendue.

— Ces types sont trop vieux pour toi.

— Ils ont l'air d'avoir vingt, trente ans tout au plus.

— Et tu n'as que dix-huit ans.

Elle plisse les yeux.

— Tu sais que je suis une adulte, n'est-ce pas ? Je me débrouille très bien toute seule depuis un moment.

— Je me suis occupée de toi.

— Quand tu ne travaillais pas.

J'aspire une brusque bouffée d'air.

— Je *devais* travailler. Quelqu'un devait bien ramener de l'argent.

L'hôtesse de l'air nous fait le topo de sécurité au sujet des sorties de secours et autres, et nous nous taisons.

— Je sais ça, dit-elle doucement une fois que le discours de sécurité est terminé. Je dis juste que, quand tu travaillais, j'étais toute seule, et que je m'en suis très bien sortie.

— Tu dois rencontrer quelqu'un qui te ressemble. Un universitaire. Doux et gentil.

Elle roule des yeux.

— Qu'est-ce que ça veut dire ? Depuis quand est-ce que tu roules des yeux à ce que je dis ?

Elle baisse la voix.

— Depuis que tu me traites comme une vierge qui ne connaît rien à rien. Je sais très bien comment me comporter avec les hommes.

Ma mâchoire s'ouvre en grand. Elle n'est plus vierge ? Quand est-ce arrivé ? Pourquoi ne m'en a-t-elle pas parlé ?

Elle me raconte tout. Enfin, c'est ce que je croyais. Puis je me concentre sur le plus important.

— Est-ce que tu vas bien ?

— Oui. C'était il y a deux étés.

— Il y a deux étés !

Elle me fait signe de ne pas parler si fort.

— Pourquoi est-ce que je ne l'apprends que maintenant ? demandé-je en baissant la voix.

— Parce que j'ai le droit à ma vie privée, répond-elle entre ses dents.

Je me laisse retomber sur mon siège. Je n'arrive pas à y croire. C'est moi qui lui ai fait le sermon sur le sexe, et j'ai été exhaustive – comment se protéger, l'importance d'attendre la bonne personne, comment ne pas tomber enceinte. Je lui ai même donné des préservatifs. Je lui ai dit de venir me voir si elle avait la moindre question ou inquiétude. Elle ne l'a jamais fait. En fait, elle avait l'air complètement indifférente au sujet, et elle était si concentrée sur ses études que je n'ai jamais pensé qu'elle puisse avoir un petit ami.

— C'était qui ? demandé-je. Quelqu'un du quartier ? De l'école ?

Oh Seigneur. Et si c'était quelqu'un de déplacé, comme un professeur ?

— Tu te souviens quand je suis allée à ce camp de vacances biomédical de trois semaines à Penn ?

Elle avait gagné une bourse d'études pour faire des recherches durant l'été à l'Université de Pennsylvanie avec d'autres lycéens brillants.

— Il devait y avoir des chaperons, remarqué-je entre mes dents.

Quel genre d'endroit dirigeaient-ils, là-bas ? Pour laisser des adolescentes vierges se comporter de manière débridée ?

Elle agite dédaigneusement la main.

— Il y a toujours un moyen de les contourner.

Je grimace.

— S'il te plaît, dis-moi que ce n'était pas avec un professeur.

— C'était Michael, un autre étudiant.

Adrian s'assoit sur l'autre siège à côté de moi, me faisant sursauter.

— Tu es nerveuse en avion ?

— Non, je suis juste… je vais bien.

Le jet commence à foncer le long de la piste, et mon estomac bondit en même temps que lui. Je n'arrive pas à croire que j'ai cette conversation avec Chloé deux ans après les faits. Je croyais que nous étions proches. J'ai fait tant d'efforts pour garder les lignes de communication ouvertes. Y a-t-il d'autres choses qu'elle ne m'a pas dites ? J'ai envie de l'interroger, mais je ne peux pas, parce qu'Adrian est là. De toute façon, je ne suis pas sûre qu'elle admettrait quoi que ce soit d'autre. Apparemment, je ne suis plus sa confidente. Je lui jette un œil une fois que le vol se fait plus stable, et vois qu'elle s'est remise à étudier.

— Il était gentil ? murmuré-je.

Elle sourit.

— C'était le garçon le plus sexy du camp.

Ma mâchoire s'ouvre en grand.

— Et brillant, aussi.

— Alors c'était ton premier petit ami ?

— Pas vraiment. Plus un collègue chercheur et… comment il appelait ça ? Un copain de baise.

Adrian m'étreint la main et me murmure à l'oreille :

— Tu es bien plus qu'une copine de baise.

Je me fige. Il a tout entendu. Je suis embarrassée pour Chloé. Elle a des copains de baise. Je veux dire, moi aussi, mais je suis une adulte. Il y a deux étés, elle n'avait que seize ans ! C'est bien trop jeune. J'ai attendu d'avoir dix-huit ans. D'accord, c'était surtout parce que je n'ai fait confiance à personne avant ne serait-ce que pour essayer, mais quand même. Seize ans ? Ah ! Comment ai-je pu ne pas le voir ? J'aurais dû remarquer quelque chose de différent, chez elle, quand elle est revenue du camp. J'ai échoué dans mon rôle de grande sœur.

Adrian dépose un baiser sur ma joue, interrompant temporairement mes sombres pensées.

— Elle va bien, murmure-t-il. Tu as fait ton job.

Mes épaules s'affaissent. J'ai fait tant d'efforts, et elle ne se sent quand même pas assez à l'aise avec moi pour venir me parler des choses importantes qui se passent dans sa vie. Mais je ne peux rien dire de tout ça à Adrian. Chloé est juste là, et ce n'est pas le bon moment, de toute façon.

Je hoche la tête d'un mouvement brusque.

Le pilote annonce l'heure d'arrivée estimée, et mon estomac se serre. Je reviens là où tout a commencé. Mon endroit heureux, où le soleil brille toujours, où mes parents sourient et se tiennent la main, où ma sœur est une petite terreur rieuse et joyeuse, et où j'ai une meilleure amie qui se trouve être une princesse, et un gentil ami qui est mon héros.

Je me prépare à la douleur d'une réalité qui ne pourra jamais être à la hauteur de tout ça.

Adrian

J'emmène tout le monde directement au casino dès notre arrivée. Il est un peu plus de dix heures, heure locale, mais nous avons plus l'impression d'être en fin d'après-midi, heure de New York. Je suis pressé de rattraper ce que j'ai manqué au boulot, et les hommes sont impatients de jouer. Ils sont tous ivres. Ils ont chanté des chansons populaires russes sur le trajet jusqu'ici. J'ai fait envoyer leurs bagages au palais et fait préparer leurs chambres. J'ai obtenu l'accord de Gabriel et Anna à l'avance, et ils ont demandé à notre service de sécurité de vérifier leurs antécédents, comme toujours avec les invités inconnus. Aucun d'eux n'a de casier judiciaire. L'instinct de Sara était bon, et son réseau d'information non officiel exact. Je vais trouver une chambre d'ami calme pour Chloé, loin d'eux tous. Je ne veux pas qu'elle se sente harcelée par leurs tentatives de flirt. Elle compte étudier, quand elle n'explorera pas Villroy. Elle n'est pas du tout intéressée par le casino ou le spa. Sara sera avec moi. Je dois lui montrer exactement comment elle peut avoir sa place à la fois au casino et dans ma vie.

J'installe les hommes à une table de poker en leur offrant la mise de départ ainsi que des boissons illimitées dans un espace de jeu privé du deuxième étage. Sara reste avec eux, déterminée à faire partie de leur divertissement. Je comprends. Elle fait de son mieux pour anticiper leurs besoins et gérer l'expérience pour continuer à faire tourner les choses. Si elle me rejoignait ici en tant que superviseuse, elle ferait la même chose à plus grande échelle, encadrant les clients et le personnel. Je vais attendre un peu avant d'aborder le sujet. La première étape était de la faire venir ici. Mon invitation aux joueurs était une idée spontanée que j'ai trouvée en réalisant qu'ils ne s'amusaient pas autant durant leur partie. J'ai foncé, sachant que cela donnerait à Sara une raison d'affronter sa peur de Villroy. Je l'ai fait pour nous. Elle aurait pu dire non, et j'aurais su que c'était la fin pour nous. Je ne peux pas abandonner mon casino, et si elle n'avait pas même pu prendre le risque de visiter l'île, cela aurait constitué un signe clair.

Mais elle est ici, et je suis engagé dans un plan à long terme qui va beaucoup plus loin. S'il échoue et qu'elle repart à Brooklyn et vers ses parties, ma seule inquiétude sera de faire en sorte qu'elle gère l'argent en toute sécurité. Je lui engagerai un garde du corps s'il le faut, mais je ne veux pas qu'on en arrive là. Je veux qu'elle reste ici avec moi pour de bon.

Je me dirige vers mon bureau et découvre qu'il est verrouillé. Étrange. Je frappe.

— Bonjour ? Il y a quelqu'un ? C'est Adrian.

La porte s'ouvre à la volée, laissant apparaître ma sœur, Emma. Ses longs cheveux brun foncé sont décoiffés, comme si elle avait passé les mains dedans et tiré dessus plusieurs fois ; ses yeux noisette sont écarquillés.

— Oh, Dieu merci, tu es de retour ! J'aurais été littéralement incapable d'en supporter plus ! J'ai dû verrouiller la porte pour empêcher d'autres problèmes de me parvenir. Entre le personnel, les appels téléphoniques, les e-mails et les SMS, j'ai failli jeter mon téléphone par la fenêtre ! Et l'ordinateur aussi !

Je réfrène un sourire, secrètement ravi qu'elle trouve ce boulot difficile. Je commençais à penser que c'était *moi* le problème.

— Où est Jackson ?

— Il est au restaurant, pour s'occuper d'un client qui insiste pour parler au directeur pour ce qu'il affirme être du poisson trop cuit. Je me dis que la stupéfaction et l'émerveillement de rencontrer Jackson devrait beaucoup contribuer à le calmer.

— Merci d'avoir pris ma place.

Elle a gardé le contact avec moi, m'envoyant des e-mails et des SMS au sujet de divers soucis. Il y a toujours quelque chose. Mais je n'avais aucune idée qu'elle était aussi stressée.

Elle s'avance vers le bureau et récupère son sac à main dans un tiroir.

— Je suis si heureuse d'être une investisseuse silencieuse. C'était clairement le bon choix. Gérer toutes ces personnes est un cauchemar !

— Est-ce qu'ils t'ont traité bizarrement parce que tu es une princesse ?

— Ils prenaient Jackson avec des pincettes parce que c'est une rock-star. C'était moi qu'ils venaient voir pour tous leurs problèmes. Et pas seulement au niveau professionnel. J'ai entendu parler de toits qui fuyaient et de belles-mères diaboliques.

Elle agite une main en l'air et ajoute :

— Il y a bien trop de gens pour moi. Je retourne à mon agréable petit studio de musique et ma vie de musicienne.

— Hum. Je me demande pourquoi ils se confiaient à toi. Personne ne s'est senti aussi à l'aise avec moi.

— Je ne sais pas. C'est peut-être parce que tu es si réservé.

— Tu es réservée aussi.

Nous tenons de notre mère.

— Plus tant que ça, répond-elle en souriant. La musique m'a libérée. Ça doit venir de toi. Ton comportement, ou quelque chose ne doit pas inspirer à la confidence.

Elle m'étreint brièvement le bras.

— Sois-en soulagé.

— En fait, je me sens assez insulté. Tu t'es montrée particulièrement gentille ?

— Je ne sais pas. J'ai été moi-même. Et maintenant, c'est terminé. Tu dois embaucher quelqu'un à un poste élevé, peut-être même deux personnes. Ce boulot est bien trop pour une seule personne. Je ne sais même pas comment tu as réussi à gérer tout ça aussi longtemps.

— J'ai bien quelqu'un en tête. Sara Travers est avec moi.

— Sara est ici ? Oh, waouh. C'est super ! Je ne l'ai plus revue depuis si longtemps. Je crois qu'elle avait dix ans, la dernière fois. J'ai été absente plusieurs étés, alors que je voyageais en Italie avec mère pour mes études de langue. Je vais aller chercher Jackson et partir d'ici. Montre-moi Sara en chemin.

Nous montons jusqu'à la salle de jeux en face du restaurant. Je fais signe à Sara de s'écarter de la table. Elle ne joue pas. Elle reste en arrière-plan de la partie.

— Emma voulait te revoir, dis-je quand elle me rejoint. Est-ce que tu te souviens de ma grande sœur ?

— Bien sûr que je m'en souviens, sourit Sara. Je t'ai vue à tous tes événements caritatifs, et j'ai entendu dire que tu avais épousé Jackson Walker. Félicitations.

Je la dévisage. Elle a suivi la vie d'Emma ? Elles n'ont même pas passé tant de temps que ça ensemble. Emma a deux ans de plus que nous, ce qui était beaucoup, à l'époque. Est-ce qu'elle a secrètement suivi ce que je devenais aussi ? Elle savait que j'avais été diplômé avec les honneurs à Cambridge, même si elle a affirmé que c'était Silvia qui en avait parlé. Cela ne fait plus aucun doute dans ma tête, maintenant – Sara a *toujours* voulu ce lien entre nous. Ma poitrine se gonfle de fierté, un élan d'affection me donnant envie de l'attraper et de la serrer contre moi. Je vais devoir attendre, mais c'est un excellent signe.

— Ta sœur est-elle ici aussi ? demande Emma. Elle avait…
– elle plisse un instant les yeux – trois ans, je crois, la dernière fois que je l'ai vue.

— Chloé, précisé-je.

Sara sourit fièrement.

— Elle est au palais en train d'étudier. Elle est étudiante à la fac, maintenant.

— Aïe ! s'exclame Emma. Je me sens si vieille. Je suis sûre qu'elle ne se souvient même pas de moi.

— Elle ne se souvient pas de grand-chose à Villroy, répond Sara. C'est pour cette raison qu'elle est venue avec moi, dans l'espoir de raviver quelques souvenirs. Elle se souvient très peu de nos parents.

— Je suis tellement désolée, dit Emma.

Sara hoche la tête, les lèvres pressées l'une contre l'autre. Je suis sûre qu'elle a souvent entendu ça.

— Jackson est ici, reprend Emma. Tu voudrais le rencontrer ?

Le visage de Sara s'illumine.

— J'adorerais.

Les hommes posent leurs cartes et se lèvent à l'unisson dans un chœur d'acquiescements enthousiastes. Emma les observe tous.

— Je vais lui demander de passer. Je vous en prie, continuez votre partie. Ça prendra peut-être un moment.

Peu de temps après, Jackson entre d'un pas chaloupé. Il ne peut s'en empêcher. C'est une rock-star.

Les hommes pètent un câble, bondissant de la table et se rassemblant autour de lui. Deux gardes se rapprochent et leur font signe de reculer un peu.

— Je suis très fan de vous ! s'exclame Sergei.

— Vous êtes fantastique !

— Votre dernier album est encore mieux que les anciens !

— Est-ce que vous jouez encore avec votre groupe ?

Jackson se montre courtois, leur répondant poliment, à moins que ce soit juste son accent britannique qui le fasse paraître poli. Ses cheveux blond sale sont coupés court, tout comme sa barbe. Je le présente à Sara et il lui adresse un sourire chaleureux.

— Ravi de vous rencontrer, Sara.

Elle rougit.

— Si ça ne fait pas trop geek, est-ce que je peux avoir votre autographe ?

Les joueurs interviennent pour avoir leur propre autographe. Un tas de serviettes sont fourrées entre les mains de Jackson. Il s'assoit à la table de poker et demande un stylo. Emma en sort un de son sac à main. Il signe consciencieusement son nom plusieurs fois.

Finalement, il se lève et s'étire.

— Très bien. C'était sympa de tous vous rencontrer. Emma et moi devons partir. Amusez-vous bien, hein ?

Ils se dirigent vers la porte, et tous les hommes le regardent partir, en admiration. Éblouis. J'espère que ça valait le coup de faire ce voyage, pour eux. Jackson est une rock-star célèbre au niveau international. Ils ont évidemment entendu parler de lui.

J'attire Sara à l'écart.

— Retrouve-moi dans mon bureau quand tu auras l'occasion. Je veux te faire la visite des coulisses et te montrer comment je fais le travail de deux personnes, dis-je en souriant. C'est ce que dit Emma, en tout cas. Elle était si soulagée que je sois revenu.

Je retourne au bureau et me plonge dans la paperasse. Emma m'a laissé m'occuper des factures, ne voulant pas se mêler des affaires d'argent. C'est ma première étape sur une longue liste.

Une heure plus tard, mon téléphone sonne, annonçant l'arrivée d'un SMS. C'est Sara. Elle dit que les joueurs vont au restaurant pour un en-cas. Je lui indique les directions pour me retrouver.

Quand elle entre dans mon bureau quelques minutes plus tard, elle regarde autour d'elle.

— C'est donc ici que la magie opère.

— Ce n'est pas tant de la magie qu'une tonne de travail. Je

suis le cerveau, l'argent et les relations clients. Sais-tu dans quelle partie je ne suis pas bon ?

— Le cerveau.

— Ah ah. Les relations clients. Les relations avec le personnel aussi. Tu me connais, je préfère avoir affaire à des chiffres.

— Tu as un très bel endroit, ici. Tu devrais être fier.

— Je le suis, mais tu es loin d'avoir tout vu.

Elle fait un geste vers la porte.

— J'ai vu le lobby, la salle de jeu principale, ton bureau, le restaurant, et la salle privée où nous sommes en train de jouer.

Je me lève et contourne mon bureau.

— Avant, laisse-moi te présenter l'équipe, et il reste encore d'autres choses à voir. Quelques pièces, la pièce de change pour l'argent et une surprise à l'étage.

— Une surprise sexy ?

J'émets un petit rire et lui prends la main, entrelaçant nos doigts.

— Ça, c'est pour plus tard.

Je la guide hors du bureau.

— Chloé dit que je t'ai dissimulé à elle.

— Comment ça ? Nous nous connaissions tous, étant gosses.

— Elle dit que tu es mon petit-ami et que je ne l'ai jamais dit. Elle essaie juste de me faire comprendre que nous ne racontons pas nos affaires privées.

— Tout le monde a ses secrets, je suppose, mais nous ne sommes pas vraiment un secret. Tu aurais pu lui dire qu'on était ensemble.

Elle devient silencieuse, et j'ai la sensation inconfortable d'avoir tout misé alors qu'elle garde ses cartes pressées contre sa poitrine. Je n'arrive pas à croire que c'est moi qui veux avoir la discussion au sujet de notre relation. Auparavant, je coupais les ponts avant même que le mot *relation* ait pu être prononcé. Le karma, mec.

Je l'emmène dans la pièce de change pour l'argent avec ses nombreux coffres-forts et rempli d'agents de sécurité.

— Waouh ! s'exclame-t-elle. C'est vraiment chic.

Je fais un geste vers le bureau de mon assistant, actuellement vide, alors que nous passons devant lui, et je l'emmène vers la salle des machines à sous.

Elle se déplace le long des allées.

— C'est bruyant, mais amusant. Quel est le prix le plus élevé ?

— Cinq cents euros.

Elle laisse échapper un sifflement.

— Pas mal.

Je la guide à l'extérieur, une main posée au bas de son dos.

— Nous faisons de gros efforts pour attirer les flambeurs. Nous avons aussi des options moins onéreuses, mais nous voulons que les flambeurs restent suffisamment intéressés pour venir nous voir.

— Malin.

Je désigne certains des gardes par leur prénom, ainsi que les croupiers, mais je ne veux pas les interrompre pendant qu'ils travaillent. Nous concluons la visite par le restaurant et le bar, où je lui offre un verre.

— Avec plaisir, dit-elle en s'asseyant sur un tabouret.

Je suis content qu'elle passe un bon moment jusqu'ici.

— Sara ! Joins-toi à nous !

Les hommes lui font tous des signes depuis une table couverte de homards et d'une pile de pinces de crabe.

— J'arrive dès que j'ai fini mon verre, répond-elle avec un sourire rayonnant.

La Radieuse Sara. Non, elle est *ma* Sara.

— Tu restes ouvert jusqu'à quelle heure ? demande-t-elle.

— Nous sommes ouverts de onze heures à deux heures du matin. Le personnel travaille en roulement d'équipe. Généralement, je suis là tout du long.

— Alors cet endroit est un peu toute ta vie, dit-elle en englobant les lieux d'un geste du bras. Tu travailles, tu dors, tu travailles.

— Plus ou moins. Mais je suis sûr que c'est comme ça pour beaucoup d'entreprises.

Son verre arrive, un martini, ainsi que ma bière. Elle aspire l'olive, et je suis soudain à l'étroit dans mon pantalon.

Je bois une gorgée de ma bière, m'efforçant de me calmer.

— Ce n'est pas comme ainsi que ça se passe avec mon travail, dit-elle en sirotant son martini. J'ai beaucoup de temps libre. C'est génial.

— Et qu'est-ce que tu fais de ton temps libre ?

— Je travaille mon réseau, je suis toujours à la recherche de nouveaux joueurs, surtout les gros poissons avec les poches pleines. Et j'étudie des restaurants pour des idées de menus et des endroits intéressants. J'essaie de faire en sorte de préserver la nouveauté.

— Donc ton temps libre est en fait du temps de travail ?

— Je fais aussi du sport. Du jogging tous les jours.

— Quand as-tu du temps libre pour voir tes amis ?

Elle détourne les yeux.

— Je m'en occupe ici et là.

Je la suspecte de rester dans son coin. Chloé est la seule véritable connexion qu'elle ait, et celle-ci a grandi.

— Tu devrais travailler ici, dis-je.

Elle sourit nerveusement et sirote son martini.

Je me penche vers elle.

— Ton aide me serait vraiment utile.

Elle secoue la tête.

— Pourquoi pas ? insisté-je.

— Adrian ! Encore ce pourquoi pas.

— C'est une question pertinente.

— Parce que j'ai une vie chez moi. J'ai Chloé. Et je ne suis pas sûre de pouvoir un jour me sentir à l'aise ici.

— Tu le seras. Tu te sens à l'aise, pour l'instant, n'est-ce pas ?

— Oui, mais nous sommes arrivés le soir. Tout ce que j'ai vu, c'est le yacht, la voiture et le casino.

— Ce soir, tu verras le palais.

— Dans le noir. En plus, je n'avais jamais vu ta chambre, avant, alors je sais que ça ne déclenchera rien chez moi.

— Tant mieux. Ce sera un nouveau souvenir pour toi. Je veux construire de nouveaux souvenirs de Villroy avec toi.

Elle vide son martini.

— Ce sera difficile, demain, de tout voir à la lumière du jour.

— Je serai avec toi en permanence. En attendant, envisage l'idée de devenir mon bras droit. Nous pourrions gérer cet endroit ensemble. Moi, en arrière-plan, à m'occuper des stratégies financières et du marketing, toi gérant mon personnel et les relations clients. Je te paierai un fantastique salaire. Tu pourras vivre au palais avec moi, ou nous pourrons trouver une maison tout près, si tu n'es pas encore prête à vivre avec moi. Je peux me montrer très patient, tant que tu es dans ma vie.

Elle cligne lentement des yeux, avant de secouer la tête comme si elle n'arrivait pas à vraiment croire à mon offre.

— Tu penses toujours que ce que je fais chez moi est si dangereux ?

— La manière dont tu gères l'argent est dangereuse, la façon dont tu opères seule, le risque financier personnel que tu prends en couvrant les dettes. Autant d'argent pourrait attirer le mauvais type de personnes. Et s'il t'arrivait quelque chose ? Qui s'occuperait de Chloé ?

Des larmes lui montent aux yeux, et elle cligne rapidement des yeux.

— Je n'avais jamais vu les choses sous cet angle. Je fais tout ça pour elle. C'était un risque calculé.

Mon regard est attiré par les mouvements des joueurs, et je fais un signe du menton vers eux.

— Tes joueurs ont l'air inoffensifs.

Nous regardons tous deux alors que deux des types se battent avec des pinces de crabe. Nous rions.

— Tu serais parfaite pour ce job, dis-je en retrouvant mon sérieux.

Elle prend un air méfiant.

— Ce n'est pas une proposition. Je te demande juste d'envisager d'accepter ce poste.

Je replace ses cheveux derrière son oreille, lui caressant la joue avec mon pouce.

— Et je veux que tu sois avec moi, au cas où ce ne serait pas déjà clair.

Ses yeux verts scrutent mon visage, comme si elle cherchait à évaluer ma sincérité. Je suis sincère, et je suis amoureux d'elle. Je sais qu'elle n'est pas encore prête à entendre ça. Un pas à la fois. Je ne peux pas la perdre après avoir attendu tant d'années avant de la retrouver.

11

Sara

Le lendemain après-midi, nous sommes tous de retour au casino, mis à part Chloé, qui est restée dans sa chambre pour étudier. J'ai brièvement vu le spa de jour ce matin, mais je ne suis pas à l'aise avec l'intimité d'un massage, alors je n'étais pas vraiment attirée par cet endroit. Tous les hommes se sont fait masser, certains d'entre eux se sont même fait faire des soins du visage. J'ai été stupéfaite. Pendant qu'ils le faisaient, j'ai suivi Adrian pendant qu'il travaillait, s'occupant de divers problèmes étant survenus. Je dois admettre que c'est un travail intéressant. Ça ressemble à ce que je fais, mais dans un monde interconnecté. Je me vois bien me sentir à l'aise dans cet environnement ; il ressemble à un petit quartier à lui tout seul. Le personnel travaille dans un objectif commun – le divertissement. C'est le même métier que celui que je fais.

Les hommes partent en jet ce soir pour dîner à Monte-Carlo et jouer un peu plus. Je compte y aller avec eux, même si Adrian veut que je reste ici avec lui. Il ne comprend pas que j'aie besoin de toujours rester liée aux jeux dans l'esprit de mes joueurs. C'est *moi* qui amène le divertissement. C'est *moi* qui prends toutes les dispositions. Je suis la Radieuse Sara, toujours en arrière-plan, celle vers qui ils peuvent toujours se tourner pour n'importe quoi. Enfin, presque n'importe quoi.

Nous sommes tous sur la terrasse sur le toit pour jouer au poker tout en profitant de la vue quand Adrian apparaît. Il s'avance vers notre table, se penche et dépose un baiser sur ma joue. Je rougis devant sa démonstration d'affection désinvolte, et je réalise soudain que je souris. Il a réussi à percer ma carapace avec son assurance décontractée en l'idée que nous sommes faits pour être ensemble. Je commence à le croire. Mon Adrian, mon héros.

Il se tourne vers les joueurs.

— Quelqu'un est-il fan des Yankees, ici ?

Un joueur des Yankees à la retraite apparaît sur la terrasse, et les hommes bondissent sur leurs pieds. Ils lui foncent presque dessus, et c'est alors que plusieurs autres joueurs de baseball apparaissent.

Ils sont tous à la retraite, certains ayant joué chez les Yankees et d'autres dans des équipes différentes. Rien de mieux que des athlètes professionnels pour faire ressortir le petit garçon chez des hommes adultes.

Une seconde plus tard, deux tables de jeu sont ouvertes avec les joueurs de baseball et mes hommes mélangés. Mes joueurs tournent après chaque manche pour que tout le monde ait l'occasion de rencontrer les sportifs. Je m'assure de me présenter à tout le monde et de leur faire savoir que j'organise d'incroyables parties à Brooklyn. Mes hommes s'éclatent, ce qui me rend heureuse.

Quand Adrian annonce que le jet est prêt à les emmener à Monte-Carlo, tout le monde a fait ami ami.

Ivan m'attire à l'écart.

— Merci beaucoup pour ce voyage. Ces types sont incroyables.

Je lui adresse mon sourire rayonnant de Radieuse Sara.

— Avec plaisir. Adrian a aussi été d'une grande aide. Ça paie d'avoir d'excellentes connexions.

— C'est vrai. Écoutez, Mario nous a invités à sa partie à Manhattan la semaine prochaine. Il n'y aura que d'anciens joueurs des Yankees, et certains du Mets. Quelques sportifs encore en activité aussi. Ils tournent en fonction de qui est en ville. Ils ont dit qu'il y avait de la place pour nous. Ils jouent dans une salle avec plusieurs tables. Vous comprenez, oui ? C'est une trop belle occasion pour la laisser passer.

Mon estomac se crispe.

— Bien sûr, amusez-vous. Juste pour une partie, n'est-ce pas ?

Ses yeux sont à nouveau tournés vers ses nouveaux amis.

— Ça dépend. On verra.

Il croise mon regard.

— Je voulais juste être franc avec vous.

Merde. Je suis en train de les perdre. Du poker avec des athlètes professionnels. De plus grosses mises, et plus d'excitation de fan. Je ne peux rivaliser avec ça, et je le sais. J'ai envie de pleurer. Mes parties sont en train de s'effondrer sous mes yeux. Le meilleur job, et le plus lucratif, que j'ai jamais eu.

— Vous êtes toujours partant pour la semaine suivante, n'est-ce pas ? demandé-je, m'efforçant de ne pas avoir l'air trop désespérée.

— Je vous le ferais savoir, marmonne-t-il avant de rejoindre le groupe.

J'ai perdu mes parties. Je n'arrive pas à y croire. Une seule rencontre fortuite avec un joueur de baseball, et tout est terminé ? Je m'en sors très bien depuis plus de deux mois. J'avais enfin l'impression de pouvoir respirer, que mes problèmes d'argent étaient résolus. Maintenant, je vais devoir tout recommencer à zéro. Manhattan est géré par Lee Tran. Je serais évincée, ou pire, si je tentais de débaucher ses joueurs. Je vais devoir tenter à nouveau ma chance à Brooklyn, et vite, avant que quelqu'un d'autre n'organise des parties plus attirantes. Ou bien me déplacer plus loin vers Long Island, ce qui reviendrait plus ou moins à repartir de zéro, en essayant de me faire des connexions et de trouver les meilleurs établissements. Ça craaaint !

Adrian apparaît à côté de moi.

— Tu veux toujours aller à Monte-Carlo avec eux ? Ils ont l'air assez satisfaits de leurs nouveaux amis.

Les hommes sont tous en train de parler, de rire et de se donner des tapes dans le dos.

Je me sens maussade face à leur bonheur évident.

— Tu étais *obligé* d'amener ces joueurs de baseball ici ?

— C'est la première fois que ces joueurs viennent ici. J'étais excité de les voir, moi aussi. C'est Jackson qui avait une connexion avec eux et qui les a invités. Il ne savait simplement pas quand ils viendraient.

Je pousse un soupir alors que les hommes s'éloignent avec leurs nouveaux amis, si occupés à batifoler qu'ils ne remarquent même pas que je ne suis pas avec eux. Mes yeux me picotent.

— Je les ai perdus, dis-je doucement. Il n'y a plus aucune raison pour que je les suive.

Adrian laisse tomber un bras sur mes épaules.

— Je suis sûr que tu ne les as pas perdus pour toujours. Ils veulent juste s'amuser un peu, ce soir. Et le mieux, dans tout ça, c'est que je peux te garder pour moi tout seul.

Je repousse son bras.

— Ivan m'a dit qu'ils allaient se rendre à une nouvelle partie à Manhattan avec les joueurs de baseball la semaine prochaine. Ils resteront là-bas aussi longtemps qu'ils le peuvent – une plus grosse mise, des athlètes célèbres. Je ne peux pas rivaliser avec ça, et je ne peux pas non plus m'incruster dans ces parties. Quelqu'un d'autre gère Manhattan.

— Tu gérais Brooklyn ?

— Je m'en rapprochais. C'était la prochaine étape. Il y a quelques autres parties de poker privées, mais les miennes étaient les meilleures.

Je lève les yeux au ciel, m'efforçant d'empêcher les larmes de s'échapper.

— Sara, je n'avais pas l'intention de ruiner tes parties. J'essayais d'ajouter à l'amusement avec les joueurs de baseball.

Je cligne rapidement des yeux et essuie rapidement une larme avec mon poing.

— Ils s'amusent, ça, c'est sûr.

Il m'étreint l'épaule.

— Tu veux continuer à me suivre ? Le samedi soir est notre soirée la plus animée.

— En fait, je pense que je vais retourner au palais et passer un peu de temps avec Chloé.

Je prends une profonde inspiration et ajoute :

— Si j'arrive à l'arracher à ses études. Cette fille ne s'arrête jamais.

— OK. Bonne chance avec ça. Je vais appeler une voiture pour te ramener au palais, et je te rejoins ce soir.

Je hoche la tête avec raideur.

— Tu vas bien ?

— Non, mais ça ira mieux.

C'est tout moi, m'empressant toujours de m'assurer que tout va dans la bonne direction.

— Tu peux attendre dans mon bureau jusqu'à l'arrivée de la voiture.

— Je vais attendre devant, soufflé-je, m'efforçant de sourire sans y parvenir.

Je parviens à garder le contrôle de mes émotions jusqu'à la sortie du casino, avant d'éclater en larmes.

Zut. J'essuie furieusement les larmes. Elles ne me mèneront à rien. Je dois garder la tête froide et songer à la prochaine étape. Je contourne le bâtiment pour admirer la vue de la mer. Le soleil va bientôt se coucher et c'est beau, mais je n'arrive pas à en profiter. Et parce que je me sens déjà d'humeur merdique, je regarde imprudemment vers la plage du nord, où sont la plupart de mes souvenirs, mais la vue est bloquée par le spa. Je me souviens qu'il y avait un rocher noir. Il a toujours semblé si loin à l'horizon. Adrian m'avait défiée de faire la course jusqu'à lui. Bien sûr, j'ai accepté. Je me souviens d'avoir nagé sur place dans l'eau et de lui avoir raconté que mes parents se disputaient, et que j'avais peur qu'ils divorcent. Et ensuite, nous avons commencé à faire la course pour revenir et je me suis entaillé le pied, probablement sur un rocher immergé.

Ce souvenir n'est pas trop douloureux pour moi. Adrian est resté avec moi jusqu'à ce que je retrouve ma mère à la clinique. J'ai reçu beaucoup d'attention spéciale, à la maison, tout le monde étant aux petits soins pour moi. Même Chloé, âgée de cinq ans à l'époque, m'avait apporté des goûters pour que je n'aie pas à boitiller sur mon pied blessé. Je *pourrais* revoir la plage du nord. Je parie qu'elle est restée exactement la même. Adrian a dit que la seule partie de l'île à avoir été développée depuis la dernière fois que je suis venue ici était le spa et le casino.

J'attendrai pour aller la voir avec Chloé. Il n'est que dix-sept heures, environ. Nous devrions avoir le temps.

La voiture qu'Adrian a appelée pour moi se gare sur une place de parking peu de temps plus tard et me conduit le long de la route sinueuse menant au palais. Nous allons passer devant mon ancien cottage. C'est la première fois que je le verrais à la lueur du jour. Ce matin, quand j'ai fait le trajet avec Adrian, je me suis sciemment concentrée sur lui plutôt que de le regarder, faisant semblant de ne pas faire attention. Maintenant que j'ai déjà pleuré, je n'ai pas l'impression de tenir aussi fermement à mon sens du contrôle. Comme s'il ne s'agissait pas d'un tel élan d'émotion brutal, qui me submergerait, mais plutôt d'une autre vague d'eau. Mes bases ont déjà été ébranlées. Je sais que je dois tout recommencer. Je ne pense pas pouvoir me sentir plus mal, et peut-être que ça me fera me sentir mieux. Une sorte de guérison.

Oh ! Il est là ! Il est exactement comme dans mon souvenir – blanc avec une porte bleue, des jardinières et des volets bleus. C'est un cottage d'un étage à deux chambres. Il y a une terrasse à l'arrière avec une vue sur la mer. Je me demande si le couple âgé vit encore ici. Soudain, j'ai envie de voir l'intérieur, mais je dois d'abord attendre Chloé.

Adrian avait raison. La moi adulte peut faire face. J'aurais définitivement fait une dépression nerveuse si j'avais vu tout ça alors que j'étais encore une adolescente en souffrance s'efforçant de maintenir notre petite famille ensemble, mais maintenant, c'est faisable. En fait, je me sens déjà plus forte. Mes parents adoraient cet endroit, et ils voulaient que ma sœur et moi passions des étés insouciants dans la nature, avec de l'air frais et la mer, loin des étés suffocants de la ville. J'ai de la chance d'avoir eu Villroy dans ma vie. C'est un cadeau qu'ils m'ont donné, et cela m'a aussi apporté Adrian et Silvia. J'ai craint Villroy et ses souvenirs pendant si longtemps, mais ça a toujours été un cadeau.

Un sentiment de paix m'envahit. J'ai vraiment envie de le partager avec ma sœur.

Je retourne au palais et me dirige droit vers la chambre de Chloé. Elle n'est pas là. Je lui envoie un SMS.

Où es-tu ?

Pas de réponse.

Mon cœur me remonte dans la gorge. *OK, pas de panique.* Elle éteint souvent son téléphone quand elle étudie. Je trouve une domestique et lui demande si elle sait où est ma sœur, mais elle ne sait pas. Puis je demande le chemin menant à la bibliothèque du palais, mais elle n'est pas là-bas non plus. Je tente les jardins. Rien. Je lui envoie un autre SMS et lui dit de me rejoindre pour que nous puissions visiter Villroy ensemble. Je suis prête, maintenant.

J'erre dans les jardins, que je n'avais jamais vus jusqu'a-lors, et me retrouve sur la plage. Je reste assise là un moment, réfléchissant profondément. Je vais passer en revue ma liste d'attente de joueurs et organiser une nouvelle partie. Le problème, c'est que la plupart des noms sur ma liste d'attente sont des amis de mes joueurs actuels, qui entendront proba-blement parler de l'autre partie située à Manhattan, et qui voudront y participer. Je pourrais redevenir serveuse, cher-cher un poste de responsable administrative, mais c'était une routine si épuisante. Et puis, il y a Adrian. Il m'a proposé un job ici, un endroit où vivre à titre gracieux. Ce n'est pas idéal pour plusieurs raisons, mais c'est aussi un engagement envers lui. Et si ça ne fonctionnait pas entre nous ? Je me retrouverais coincée ici avec lui comme patron. Ça pourrait très mal tourner.

Et il y a Chloé. Je ne peux pas vivre aussi loin d'elle. Je sais qu'elle a encore besoin de moi, même si elle pense le contraire.

Je regarde mon téléphone. Pas de réponse de sa part. Je me lève et balaie le sable sur mes vêtements. Où peut-elle bien être ? C'est une île, elle ne peut donc pas être allée loin.

Je suis trop tendue pour rester assise plus longtemps, alors je décide de faire seule le tour de mes étés passés. Ça vaut peut-être mieux. Si je fonds en larmes, personne n'aura besoin d'en être témoin. J'ai toujours essayé de me montrer forte pour Chloé.

Dès que je suis de retour dans le palais, je demande au premier domestique que je vois de faire en sorte qu'un chauffeur vienne me chercher. Il ne faut pas longtemps avant qu'une Mercedes se gare dans la cour, et je monte sur le siège avant. Je souris au chauffeur, un homme fin dans les cinquante ans qui porte une casquette sur sa tête chauve.

— Bonjour, merci de me servir de chauffeur. Je suis Sara.

— Oui, madame. Nous savons tous qui vous êtes. Je suis Antoine.

Vraiment ? Ils savent tous qui je suis ? Adrian a dû avertir de mon séjour et en informer tout le monde.

— Ravie de vous rencontrer, Antoine. J'aimerais voir la plage du nord.

Il incline la tête, et nous nous mettons en route. Nous dépassons mon ancien cottage en chemin. Une lumière est allumée dedans. J'imagine le couple âgé allant et venant à l'intérieur, peut-être en train de préparer le dîner.

Dès que la plage apparaît dans notre champ de vision, je remarque le rocher noir. Il est exactement aussi grand et imposant que dans mon souvenir. Waouh. Nous avons vraiment nagé loin, sachant que nous n'avions que douze ans. C'est bien plus loin que les brisants.

— Ça ne prendra que quelques minutes, dis-je à Antoine.

— Prenez votre temps, madame.

— Merci.

Je descends de la voiture et parcours le long trajet à pied jusqu'à la plage. Je m'arrête le temps d'ôter mes chaussures et mes chaussettes, et laisse mes doigts de pieds s'enfoncer dans le sable doux, fermant les yeux un instant alors que les souvenirs inondent mon esprit – les châteaux de sable, les moments où on creusait pour trouver des crabes, où on lissait des endroits pour créer l'emplacement parfait où déposer notre couverture de pique-nique, la cabane et notre zone de jeu de cartes sur le sable. J'ouvre les yeux et prends une profonde inspiration. Tout va bien. Je vais bien.

La majorité du temps que j'ai passé ici, j'étais avec Adrian, Silvia et Chloé, plus une escorte de gardes et de nounous. Mes parents se joignaient parfois à nous, mais je crois qu'ils aimaient aussi avoir un peu de temps en couple. Je ne leur ai jamais demandé ce qu'ils faisaient pendant qu'on était ici. Ils allaient peut-être sur une autre plage, installaient deux chaises longues et profitaient des lieux calmes et paisibles, loin de la ville et de leurs deux filles turbulentes. Chloé était la plus turbulente. J'étais juste exubérante et enthousiaste. J'ai envie d'être à nouveau cette fille, plutôt que de me sentir si embourbée dans mes lourdes responsabilités.

Je continue de marcher vers la mer, laissant les vagues courir sur mes pieds. L'eau est plus fraîche que durant l'été, étant donné que nous sommes début octobre, mais pas trop non plus. Je me penche et fais courir mes doigts dans les petites vagues. Je me retourne. La plage est vide, mais je peux visualiser clairement mon dernier été ici – moi et Adrian jouant au poker dans la cabane. Chloé et Silvia construisant un château de sable complexe. Faisant du vélo. Nageant. Silvia qui lisait.

Adrian et Silvia sont devenus la version entièrement épanouie de l'enfant qu'ils étaient. Silvia est passée de rat de bibliothèque à éditrice, Adrian de l'as du poker au requin des cartes gérant son propre casino. Il n'y a que Chloé et moi qui ne correspondons pas à la version enfant de nous-mêmes. La rupture dans notre évolution jusqu'à l'âge adulte était trop brutale pour nous laisser nous épanouir dans cette même voie. Chloé aurait dû être un esprit libre, peut-être en partici-pant à des manifestations pour Greenpeace, ou je ne sais quoi, plutôt que de devenir une étudiante sérieuse et pas drôle. Et moi ? J'ai l'impression que je commence à peine à en revenir à ce que j'apprécie vraiment – le poker – après m'être obstinée dans une lutte sans fin.

La brise ressemble à une caresse sur ma peau, ébouriffant mes cheveux. Ce n'était pas si dur. En fait, je me sens vrai-ment bien, j'ai l'impression de voir ma vie avec une clarté nouvelle. Je retourne vers le chauffeur et lui donne la direction du cottage. J'espère que le couple qui vit ici ne verra pas d'inconvénient à me laisser jeter un œil à l'intérieur. Je ne les ai rencontrés qu'une fois ou deux, quand ils étaient sur le point de partir, mais je leur rappellerai simplement qui je suis. Ils devraient se montrer sympathiques. Ils connaissaient la famille de mon père en France.

Ce n'est pas loin, et je me sens étonnamment calme alors que j'avance vers la porte d'entrée et sonne à la porte. Il y a de la lumière dans le salon et une vieille Renault est garée dans l'allée.

J'appuie à nouveau sur la sonnette. Cette fois, j'entends des pas lourds. La porte s'ouvre vivement et un jeune homme torse nu aux muscles impressionnants, ne portant rien d'autre qu'un jean, apparaît. Ses cheveux blonds sont courts, ses traits anguleux un peu intimidants. Un gros dur. Qu'est-il arrivé au couple âgé ?

Je me lance :

— Bonjour, je suis Sara Travers. Ma famille louait ce cottage quand j'étais enfant, et j'espérais pouvoir jeter un œil à l'intérieur, en souvenir du bon vieux temps.

— Sara ? Lance une voix féminine.

— Chloé !

12

———

Sara

Je n'arrive pas à en croire mes yeux. Chloé est nue, une légère couverture bleue enroulée autour d'elle. Mes yeux se portent à nouveau sur le gros dur. Une fureur meurtrière afflue dans mes veines.

— Qu'est-ce qu'il se passe ici ? Quel âge avez-vous ?

Il se tourne vers Chloé et dit :

— Je vais te laisser avec ta visiteuse.

Puis il repart d'un pas chaloupé vers la chambre. Pour s'habiller, j'espère.

Sérieusement, WTF. J'entre dans le cottage.

— Qu'est-ce qu'il se passe ?

Je le sais, mais je ne veux pas que ce soit vrai. Elle a dix-huit ans ! Elle ne connaît pas cet homme !

Chloé pousse un soupir.

— Détends-toi. Ce n'est pas si grave.

Je me renfrogne et croise les bras.

— Je croyais que tu étudiais.

— C'est ce que je faisais, mais ensuite je me suis dit, combien de fois est-ce que je viendrai à Villroy ? Je devrais visiter un peu plus.

— Oui, Villroy ! Pas…

Je pointe un doigt en direction de la chambre et continue :

—… ce type, qui qu'il puisse être ! Nous étions censées venir voir le cottage ensemble.

Les draps glissent et elle les rajuste autour d'elle. *J'y crois pas.*

— Je sais, mais tu étais occupée avec ta partie, et je n'avais pas envie d'attendre.

L'homme ayant souillé ma sœur sort de la salle de bains, vêtu uniquement d'un tee-shirt gris serré avec son jean, et je le fixe des yeux alors qu'il se rend tranquillement à la cuisine.

— Qui est ce type ? murmuré-je d'un ton féroce.

— Michael. C'est un garde du palais.

— Tu ne couches qu'avec des types qui s'appellent Michael ?

C'était aussi le nom de son copain de baise du camp d'intellos.

Elle sourit, inclinant la tête de côté.

— Oh, c'est drôle. Je n'avais pas fait le lien. C'est un hasard total.

— Alors tu t'es simplement pointée ici, tu as demandé à faire une visite, et tu t'es déshabillée ?

— Non, j'ai demandé à visiter, il a été assez gentil pour accepter, je ne me souvenais que de la cuisine. On s'est assis et on a bu du thé.

— Et ensuite, il t'a arraché tes vêtements ?

Je suis sûre que c'était Michael, l'agresseur dans cette histoire. Cet homme exsude la testostérone. Je vais lui botter les fesses, ou au moins aller voir son patron. Adrian en entendra parler. Les gardes du palais sont censés protéger, pas séduire les visiteuses étudiantes innocentes.

— C'est comme ça que ça se passe, avec tes rencards ? demande Chloé d'un air amusé.

— Ce n'est pas drôle ! Et ça n'a rien à voir avec moi. Qu'est-ce que je suis censée penser ? Tu ne portes qu'une couverture.

— Je ne vois pas bien pourquoi je te devrais des explications, mais je vais te les donner. L'intégralité de cette histoire sordide. Tu es prête ?

Je hoche une fois la tête, m'efforçant de conserver une expression neutre tout en me préparant au pire. Les lignes de communication sont ouvertes.

— J'ai expliqué à Michael pourquoi j'étais ici, tu sais, pour essayer de me souvenir de nos parents, continue-t-elle. Il m'a confié qu'il était orphelin, lui aussi. On a parlé un moment, et puis il m'a invitée à rester pour dîner. J'ai suggéré un baiser à la place, et il a compris le sous-entendu. Les choses ont progressé agréablement à partir de là.

Tu parles d'un sous-entendu. Je me passe une main dans les cheveux. Je ne dois pas la juger. Elle m'a parlé – les lignes de communication sont bonnes – et c'est le plus important.

— OK, habille-toi. Ensuite, tu pourras me faire la visite, et on retournera au palais pour le dîner.

Elle regarde vers la cuisine, où se trouve Michael.

— J'ai envie de rester ici un peu plus longtemps. Il a dit qu'il pouvait me ramener au palais quand je veux. Je t'enverrai un message quand je serai en chemin.

— Je t'ai envoyé un SMS tout à l'heure, tu sais.

Elle sourit, une étincelle pétillant dans ses yeux verts.

— J'étais occupée, à ce moment-là.

Je crispe la mâchoire. Ma petite sœur a des potes de baise. Ce n'est pas ce que je voulais pour elle. Je voulais qu'elle ait des petits amis, des hommes qui la traiteraient comme quelqu'un de spécial. Je voulais qu'elle ait tout ce que je n'avais pu avoir. C'est moi qui suis brisée. J'ai voué ma vie à faire en sorte qu'elle reste entière.

— Sara, tu as dit que tu voulais que je m'amuse à la fac, et c'est ce que je fais, là.

— On n'est pas à la fac ! lancé-je, avant de m'efforcer de reprendre un ton égal et raisonnable. Et je ne parlais pas de ce genre d'amusement.

Elle hausse les épaules et sa couverture glisse, exposant son sein. Il y a une marque de morsure. Je détourne vivement les yeux.

— Oups, dit-elle. Je reviens tout de suite.

Je reste là, bras croisés et bouillonnant intérieurement. Qui est cette femme ?

Et c'est là que je comprends soudain. Chloé est une adulte. Elle doit prendre ses propres décisions, maintenant, faire ses propres erreurs. Je dois arrêter de la materner.

— Voulez-vous un thé, Sara ? propose Michael, appuyé nonchalamment contre l'arche séparant la cuisine du salon.

— Non merci, murmuré-je entre mes dents.

Il se redresse.

— En réponse à votre question de tout à l'heure, j'ai vingt-six ans. La famille royale m'a donné ce cottage parce que je suis le capitaine des gardes. Je dirige le protocole d'entraînement.

Ce cottage appartient à la famille royale, maintenant ? Était-ce par respect pour mes parents ? Le couple âgé est-il mort, ou a-t-il déménagé ? C'est étrange, que la famille royale ait acheté ce cottage précis.

— Est-ce qu'ils possèdent d'autres cottages où ils logent le personnel ? demandé-je.

— C'est le seul, à ma connaissance.

C'est si étrange. Je devrais demander à Adrian.

Chloé revient, vêtue d'un débardeur, d'un jean et de ses baskets blanches habituelles.

— Prête pour la visite ? demande-t-elle d'un ton rayonnant.

Quelqu'un est de bonne humeur, après s'être fait sauter. *Ne pense pas à ça.*

— Bien sûr, marmonné-je, encore ébranlée à l'idée que ma sœur ait couché avec un parfait inconnu.

Je prends une profonde inspiration. Je dois la laisser vivre sa vie comme elle l'entend.

Elle s'avance vers moi, de la compassion dans le regard.

— Désolée. Je n'ai pas autant de souvenirs que toi. Je ne voulais pas prendre ça à la légère. Tu es vraiment prête à jeter un œil ? Je pourrais simplement te raconter ce dont je me souviens plus tard, ou pas. Tout ce que tu veux.

Mes yeux s'emplissent de larmes, parce que c'est une personne sincèrement bienveillante, et je sais que j'ai quelque chose à voir avec ça. Je lui étreins brièvement le bras.

— Merci, mais je pense que ça ira. Je suis venue ici parce que, après être allée sur la plage du nord, j'ai réalisé que Maman et Papa voulaient qu'on passe ces merveilleux étés ici, loin de la ville. Villroy était un cadeau qu'ils nous ont fait.

Elle hoche une fois la tête.

— Nous avons eu de la chance de venir ici. C'est beau, et n'avons-nous pas été chanceuses d'être amies avec un prince et une princesse ? Je ne comprenais pas qui ils étaient, quand j'étais petite. Je croyais qu'ils étaient simplement des gosses du coin avec beaucoup de baby-sitters.

Je souris.

— Oui, leurs gardes et leur nounou étaient toujours avec nous. Adrian et Silvia ont été un cadeau aussi. Ils étaient vraiment gentils avec nous deux, et tu n'étais pas facile à vivre quand tu étais petite. Tu étais une vraie tornade diabolique, toujours en train de manigancer quelque chose.

Ses yeux s'illuminent.

— Comme quoi ?

— Te baigner nue dans l'océan et courir sur la plage toute nue.

Elle rit.

— Je n'ai aucun souvenir de ça.

— Faire semblant d'être Godzilla et détruire le château de sable que Silvia t'avait aidée à faire, jeter notre déjeuner aux mouettes, arracher les pattes des crabes. Oh, mon Dieu, une fois, tu as mis un petit poisson dans ta bouche et tu l'as avalé accidentellement !

Elle plisse le nez.

— *Beurk !* Pourquoi aurais-je fait ça ?

Je pouffe de rire.

— Tu pensais pouvoir le garder en vie au fond de ta bouche et le ramener à la maison comme animal de compagnie. Tu étais vraiment contrariée quand on t'a dit qu'il avait disparu pour toujours.

Elle sourit.

— Je suis contente que tu sois capable de parler de ces

choses, maintenant. Ça m'inquiétait que tu te fermes à ce qui est, pour moi, un tas de souvenirs flous de journées heureuses et ensoleillées.

Je laisse échapper un soupir.

— Je m'en souviens comme ça aussi. Je pense que reprendre le contact avec Adrian et Silvia a rendu plus facile de revenir ici. J'ai pleuré Maman et Papa quand j'ai décidé de venir ici, et je pense que ça m'a aidée. Je me sens en paix.

Elle me prend dans ses bras.

— Je suis si contente.

Elle s'écarte et fait un signe vers la chambre.

— Tu as vu le salon, et là-bas, c'est la cuisine.

Michael réapparaît devant l'arche de la cuisine et ne s'écarte délibérément pas du chemin lorsque Chloé tente de passer. Elle lui adresse un sourire, les mains posées sur ses gros biceps alors qu'elle se glisse contre lui pour passer. Il lui rend son sourire, avant de sortir de la cuisine, me faisant signe de passer.

Je rejoins Chloé dans la petite cuisine.

— Oh ! Je m'en souviens ! Elle est exactement pareille.

Le sol en damier noir et blanc, la table en bois brillant et les chaises à coussins. Je me retourne. L'évier et le robinet sont les mêmes.

— Ils ont modernisé les équipements et retiré le papier peint à motif de coquillages et les rideaux blancs en dentelle.

Je m'approche de l'évier et regarde par la fenêtre. Elle donne surtout sur le cottage voisin, mais si je me tords un peu le cou, je peux voir la mer.

Je me tourne à nouveau vers Chloé.

— Quels sont tes souvenirs de la cuisine ?

— Étrangement, je me souviens du sol. Je me souviens surtout d'avoir joué sur la plage.

Je la suis hors de la pièce et le long du couloir, vers les chambres. Je jette un œil dans la salle de bains en passant. Ils l'ont modernisée avec un nouveau lavabo, un comptoir et du carrelage. Tout est blanc.

— Je crois que c'était beige, avant, dis-je.

Je regarde par la porte ouverte de la chambre qui était

autrefois celle de mes parents, avant de me détourner, parce qu'elle me les rappelle trop. Parce qu'il y a un grand lit avec de légers draps bleus froissés. Les mêmes draps bleus que celui qui était récemment enroulé autour de ma sœur.

Elle ouvre la porte de la pièce où nous dormions toutes les deux. Les anciens meubles ont disparu, ainsi que la moquette, et les murs jaunes joyeux ont été repeints en blanc cassé. C'est une salle de musique, maintenant, avec un clavier, une guitare acoustique, un violon et une petite étagère avec des partitions. Un harmonica est posé en haut de l'étagère.

— Ton garde est un musicien, dis-je, surprise.

Je pensais qu'il était plus du genre à se divertir en lançant des troncs d'arbre. Un truc barbare dans le genre.

Chloé hoche la tête.

— Il a un tas de facettes. Il m'a dit qu'il jouerait quelque chose pour moi après le dîner. Tu veux rester ?

— Ça ira. Je vais te laisser profiter de ton rencard.

Elle émet un reniflement.

— Ce n'est pas un rencard. C'est juste un coup d'un soir.

Je pince les lèvres.

— C'est lui qui t'a dit ça ?

— Non, c'est moi. Je pars demain, et sa place est ici. C'est parfait pour tout le monde.

— Est-ce que tu garderas le contact ?

Elle hausse une épaule.

— Je ne vois pas l'intérêt.

Ai-je échoué aussi à ce sujet, avec elle ? Mon absence de liens avec d'autres personnes a montré le mauvais exemple, et maintenant elle a peur de créer des liens de manière significative. Je ne veux pas qu'elle soit comme moi. Je veux qu'elle ait tout ce que je n'ai pas eu – la fac, les fêtes, les amis, les relations.

Je pose une main sur son bras.

— C'est peut-être effrayant, mais parfois, ça vaut la peine de prendre le risque avec quelqu'un. Tu sais, de le laisser entrer dans ton cœur.

Elle m'adresse un léger sourire.

— Tu essaies de me dire que tu veux rester ici avec Adrian ?

Je laisse retomber ma main, mon cœur se mettant à battre deux fois plus vite.

— Je parlais de toi.

— Je vais bien. Je t'ai dit que je travaillais dans un but précis. L'école de médecine d'Harvard est mon rêve, et tu m'as appris à travailler dur pour mes rêves.

— Pas au détriment de ta vie.

— C'est ma vie. Il n'y a rien d'autre que j'aie envie de faire ou dont j'aie besoin en ce moment. Je chercherai une relation quand j'aurai du temps et de l'énergie à y consacrer. OK ? Tu peux te détendre à mon sujet. Maintenant, c'est à mon tour de prendre soin de toi. Si tu as des sentiments pour Adrian, et je pense que c'est le cas, tu as ma bénédiction pour rester ici, à Villroy, et pour voir où ça peut mener. Je te rendrai visite pendant les vacances scolaires.

Elle sourit et ajoute :

— Ce ne sera pas une trop grosse corvée de te rendre visite dans un palais sur une île magnifique. Il est temps que *tu* laisses quelqu'un entrer dans *ton* cœur.

Je la dévisage, incapable de parler à cause de la boule qui s'est formée dans ma gorge. Tout ce que je voulais pour elle, elle le veut pour moi aussi. Et il est peut-être temps que je m'autorise à l'avoir.

Elle m'étreint le bras dans un geste rassurant.

— Je veux que tu sois heureuse.

Ah ! Je m'essuie les yeux, riant en même temps alors qu'une sensation de légèreté m'envahit.

— Tu es sûre ? Tu vas vraiment bien ?

— Je vais plus que bien. Je suis satisfaite de ma vie comme elle est.

Je renifle.

— Adrian m'a bien offert un travail ici.

— Alors, accepte-le.

Je la prends dans mes bras et d'autres larmes me coulent des yeux. Quand je m'écarte, elle a toujours les yeux secs. Cela lui convient vraiment.

— Je t'aime, Chloé.

Elle affiche une expression rayonnante, tout son visage s'illuminant.

— Je t'aime aussi.

Nous retournons dans le salon.

— Au revoir, Michael, lancé-je. Merci de m'avoir laissé voir le cottage.

— Aucun problème, répond-il avec une note d'amusement.

Ah, oui, cette décision lui a plutôt bien réussi, à lui aussi. La, la, la, je ne penserai pas à ça.

Chloé me raccompagne à la porte.

Je jette un œil à Michael, derrière elle, qui attend de pouvoir reprendre leur soirée en amoureux, avant de reporter mon regard sur elle, mon visage impassible de joueuse de poker fermement en place.

— Alors on se voit ce soir ? Ou demain, pour le vol de retour ?

Elle sourit.

— Probablement demain, dit-elle, avant de se pencher vers moi pour murmurer : il est beaucoup mieux que le premier Michael. Il me ramènera au palais en voiture en partant travailler demain matin.

Je plaque un sourire sur mon visage.

— Super. On se voit demain.

Je retourne à la voiture qui m'attend. Il n'y a qu'une seule personne avec qui j'aie envie d'être, en ce moment. Je suis prête à accepter ce qu'il m'offre, prête à faire ce saut dans l'inconnu. Je parie sur nous.

13

———

Sara

Quand j'ai envoyé un SMS à Adrian pour qu'on se retrouve, il m'a demandé de le rejoindre au restaurant du casino pour le dîner. Il est déjà installé à une table pour deux quand j'arrive, et il me fait signe de le rejoindre avec un sourire chaleureux.

Un élan d'affection me submerge. Mon prince, mon héros, mon *amour*. Je l'aime, c'est vrai. Ça a peut-être toujours été le cas.

Mon cœur cogne dans ma poitrine et mes pas sont légers alors que je traverse la salle. Je suis sur le point d'exposer la partie la plus vulnérable de moi, de faire un grand saut dans l'inconnu et de m'engager à vivre ici avec lui. C'est la chose la plus terrifiante que j'aie jamais faite de toute ma vie, mais je suis prête. Il n'y a qu'avec Adrian que c'est possible. Notre connexion a traversé les kilomètres et les années, tout en restant si forte. Nous avons toujours été voués à être ensemble.

Il se lève de sa chaise pour m'embrasser, avant de me guider vers une chaise et de la tirer pour moi. Je m'autorise à apprécier ce traitement spécial. Mon Adrian est un prince, pas juste par le sang, mais aussi par ses actions. J'ai tellement de chance de l'avoir rencontré alors que nous n'étions que des enfants. D'une certaine manière, je peux remercier mes parents de m'avoir donné cette connexion. Il fait partie de moi, exactement comme je fais partie de lui.

Il m'adresse un sourire depuis l'autre côté de la table, son regard rivé au mien.

— Tu sembles bien plus heureuse que tout à l'heure.

— Je le suis. Je me sentais si mal que je me suis dit et puis zut, autant revisiter mes souvenirs, ce n'était vraiment pas aussi difficile que je le craignais. Je me souviens surtout des moments passés avec toi et Silvia sur la plage, et mes souvenirs du cottage ont été changés pour toujours après avoir découvert Chloé nue avec un étranger là-bas.

Je lève la main avant qu'il ne passe en mode protecteur viril.

— Ne t'inquiète pas. C'était totalement consensuel.

Il éclate de rire.

— C'est Michael qui vit là-bas, maintenant, le capitaine des gardes. Un type génial, je le connais bien. Alors, lui et Chloé ?

— Oui. Et je n'ai *pas* envie de parler de ça.

— Compris.

— Tu savais que ta famille était propriétaire du cottage, maintenant ?

— Oui. Silvia et moi avons pleuré la perte de ta famille, ici. Nous avons demandé à nos parents de racheter le cottage à notre retour des funérailles, pour que toi et Chloé puissiez revenir nous rendre visite, même si vous n'aviez pas l'argent nécessaire pour le louer pour l'été. Mes parents ont fait une offre au couple qui vivait ici, et ils l'ont acceptée avec joie, pour pouvoir se rapprocher de leur fille.

Il se penche en travers de la table et prend ma main dans la sienne.

— Silvia a dit qu'elle t'avait proposé de venir plusieurs fois. Elle t'a dit que ce serait gratuit.

Ma mâchoire s'ouvre en grand.

— Je ne savais pas que c'était ce qu'elle voulait dire. Je

croyais qu'elle proposait de payer pour nous, et que c'était pour ça que c'était gratuit.

Il m'étreint la main.

— Tu nous manquais.

Mes yeux s'emplissent de larmes. Cela fait des années que je n'ai pas été au bord des larmes autant de fois en si peu de temps. Villroy, non, *Adrian*, a ouvert quelque chose en moi que je croyais fermé pour toujours – mon cœur. C'est si nouveau et brut, mais ça en vaut la peine. Ça en vaut tellement la peine. Je peux enfin laisser entrer l'amour dans mon cœur.

— Je n'étais pas prête, à l'époque, parvins-je à articuler malgré ma gorge serrée. Mais merci à toi et à ta merveilleuse famille.

— Eh bien, comme tu peux le voir, nous avons laissé Michael vivre là-bas après avoir vu que vous ne reviendriez sûrement pas. Tu pourras toujours vivre avec moi, quand tu seras ici.

Je souris.

— Avec plaisir.

Je prends une profonde inspiration, sur le point de déclarer que je suis prête à rester, mais les mots se coincent dans ma gorge. Je suis plongée dans une pagaille d'émotions à vif et c'est si dur de les exprimer.

La serveuse arrive pour prendre nos commandes, et le moment passe.

Durant le dîner, Adrian est inhabituellement bavard, me racontant tous les tenants et les aboutissants du casino. J'ai l'impression qu'il me met au parfum dans l'espoir que j'accepte son offre d'emploi. Il veut vraiment ce que je peux apporter à son casino. J'apprécie qu'il accorde de la valeur à ma contribution potentielle au casino qui compte clairement beaucoup pour lui.

Quand nous avons terminé de dîner, je suis prête à me lancer.

— Retournons dans ton bureau.

Il hausse un sourcil.

— Pour le travail ou le plaisir ?

— Le travail, dis-je en riant.

Nous parcourons le court trajet jusqu'à son bureau et je m'assois sur la chaise en face de son bureau.

— D'accord, rendons les choses officielles. Je vais signer un contrat de travail, et je serai ta superviseuse, ainsi que ton bras droit.

— Super, dit-il d'un ton brusque tout en s'asseyant derrière le bureau. Laisse-moi imprimer la paperasse, et ensuite on pourra y aller.

C'est tout ? Je pensais qu'il serait plus heureux d'apprendre que je suis prête à vivre et à travailler à Villroy. Avec lui. Est-ce qu'il a raté le fait que je suis ici non seulement pour aider au casino, mais aussi pour être avec lui ?

Apparemment, oui. Il vient de sortir de la pièce, pour aller vers l'imprimante dans le bureau de son assistant.

Je pense que je ne m'y suis pas prise comme il faut. Je dois vraiment m'ouvrir à lui, admettre que je suis amoureuse de lui au point d'être prête à m'engager dans une vraie relation à long terme, même si je suis morte de peur à l'idée qu'il parte. Ou plus probablement, ce sera à moi de partir, puisque nous sommes sur son île natale. Est-ce que je devrais juste lâcher ça comme ça ? *Je t'aime,* ou peut-être, *Adrian, nous avions un pacte.* Mes genoux tremblent. Est-ce trop direct ? Est-ce qu'il va croire que je le demande en mariage ? Pour la deuxième fois ? Zut !

Je suis sur le point de laisser tomber ma tête sur le bureau dans un désespoir complet face à mon inexpérience avec les relations amoureuses et toutes ces conversations émotionnelles profondes qui vont avec, quand il revient dans la pièce.

Il me tend les papiers, me conseillant de les lire, de les signer quand je serai prête, et me rappelant d'apporter une pièce d'identité pour leurs archives. Il se comporte de manière très professionnelle.

Je déménage à des milliers de kilomètres pour vivre avec l'homme que j'ai enfin décidé de laisser entrer dans mon cœur, et il se comporte comme Monsieur le Patron Professionnel.

Je lève les yeux des papiers. Il est revenu derrière son bureau et fixe son ordinateur.

— Est-ce que ce sera gênant de t'avoir comme boss ? Les gens sauront que je couche avec le patron.

Un coin de sa bouche se soulève en un petit sourire.

— Toi et moi serons au même échelon, en tant que codirecteurs ; techniquement, je ne serai donc pas ton patron. Et je suis plus que capable de me comporter de manière professionnelle au travail.

Je suis irritée, mais je relève le défi :

— Moi aussi.

— Super.

— C'est super.

— Quand tu auras signé les papiers, on se mettra immédiatement au travail.

Et c'est ce qu'on fait.

Je suis si confuse. Je croyais que ça signifiait plus qu'un simple travail. Mon cœur est sorti de ma poitrine – exposé et vulnérable – et il est trop tard pour l'enfermer à nouveau à double tour. Il se tend vers lui.

D'ici à ce que nous retournions au palais, j'ai abandonné mes stupides rêves romantiques dans lesquels Adrian est transporté de joie. Il avait besoin de moi en tant que codirectrice, il me veut dans son lit, et j'ai bien trop surestimé mon jeu. Il est temps que j'abaisse mes attentes.

Quand nous arrivons à sa suite, il se tourne vers moi.

— Assieds-toi. J'ai quelque chose que je voudrais te montrer.

Il m'indique un fauteuil inclinable en cuir confortable dans le salon.

— Avec plaisir. J'adore ce fauteuil.

Je m'assois et l'incline au maximum en arrière, pour le transformer pratiquement en lit.

— Je vais te trouver le même, dit-il tout en décrochant une illustration d'Escher du mur.

Je me redresse aussitôt en position assise.

— Voilà une superbe cachette pour un coffre-fort.

— Chut, ne le répète pas, dit-il tout en tapant la combinaison.

— C'est là que tu caches ton argent ? demandé-je.

— Toutes les choses qui me sont chères.

Il met quelque chose dans sa poche et referme sa paume autour d'un autre objet.

Je suis tout au bord de mon siège. Quel secret est-il sur le point de me révéler ?

Il s'avance vers mon fauteuil et, d'un geste théâtral, sort une paire de cinq tirée de ses cartes dragons – un cœur et un carreau.

— Tu les as vraiment gardées, murmuré-je.

— On a fait un pacte, répond-il en me regardant droit dans les yeux.

— Tu as toujours cru qu'on serait réunis à vingt-cinq ans ?

— Je l'espérais.

Je bondis et jette mes bras autour de son cou, l'étreignant avec force.

— Moi aussi. Je l'ai toujours espéré secrètement, mais j'étais trop dégonflée pour l'admettre.

Il relève mon menton.

— S'il y a bien une chose que tu n'as jamais été, c'est dégonflée.

Mes yeux me picotent.

— Si, je l'étais. Je vous ai évités, toi, Silvia et Villroy, j'avais peur que ce soit trop difficile d'affronter les souvenirs. Si tu n'étais pas apparu sur le pas de ma porte…

— C'était inévitable. Je suis ton héros. Le héros arrive toujours dès qu'on l'appelle.

— Mais je ne t'ai pas appelé.

— Quand on aura tous les deux vingt-cinq ans, c'est ce que nous nous sommes dit tous les deux, et nous avons tous les deux vingt-cinq ans.

Il me tend les cartes.

— Elles sont à toi.

Je les serre entre mes doigts et les fixe.

— Les miennes sont toujours dans mon coffre-fort à la maison.

Je lève les yeux vers lui.

— Je les gardais dans un coffre à l'épreuve du feu, exactement comme mon cœur, verrouillé à double tour, et tu l'as complètement brûlé. Tu étais le seul capable de faire ça.

Il sourit.

— Et puis, tu le conservais dans un four.

Nous rions.

— J'aimerais avoir mes cartes ici pour les rassembler, dis-je en déposant la paire sur le guéridon.

— Ce n'est rien. Nous les récupérerons en allant chercher tes affaires.

— Alors on va vraiment faire ça ? Vivre et travailler ensemble ?

Il m'embrasse.

— Entre autres choses, j'espère. Est-ce que tu te souviens de ce qu'on a dit d'autre, le jour de notre pacte ?

Je hoche la tête.

— Les paires assorties, les cœurs et les carreaux, les deux et les cinq, comme à un mariage. Deux cœurs, et deux carreaux pour les diamants. Et tu as dit que les garçons ne portaient pas de diamants.

Il se met à genou.

— C'est vrai, mon amour. J'ai dit que je te donnerai deux diamants.

Il lève devant lui une bague de fiançailles en diamant, avec deux gros diamants ronds disposés l'un en face de l'autre et entourés d'autres diamants plus petits, sur un anneau en platine.

— Je crois que je suis en train d'hyperventiler.

Il sourit.

— Tu ne peux pas hyperventiler si tu parles encore.

— Quand as-tu récupéré ça ?

— Quand j'étais à New York. Je savais que c'était inévitable, et je savais exactement ce que je voulais pour toi.

Mes genoux faiblissent et je m'assois à nouveau lentement.

— Sara Travers, acceptes-tu d'honorer le pacte que nous avons fait il y a si longtemps, et de devenir ma femme ?

— Oui !

Des larmes coulent sur mes joues, des larmes de joie, alors qu'il glisse la bague autour de mon doigt.

Il se lève et m'attire dans ses bras.

— Je t'aime. Je t'ai toujours aimée, et je t'aimerai toujours.

— Je t'aime aussi. Je regrette tellement de ne pas avoir renoué le contact plus tôt. Nous avons perdu tant de temps.

— Aucun regret. Toi et moi nous sommes retrouvés exactement quand nous étions destinés à le faire. Tu devais finir d'élever Chloé, et maintenant elle est indépendante et elle s'en sort incroyablement bien.

— Tu as raison. Chloé avait besoin de moi, mais j'aurais dû garder le contact.

Je l'étreins avec force.

— Assez regardé en arrière, dit-il en me caressant les cheveux. Nous sommes ensemble, maintenant.

Il me lève la main, exhibant ma bague de fiançailles.

— Et tu es à moi pour toujours.

Je l'embrasse.

— Oui ! Et j'en suis ravie. J'espère que cela ne te dérangera pas que Chloé passe ses vacances scolaires ici.

Il me tient la mâchoire, son pouce caressant le point sensible juste sous mon oreille.

— Bien sûr que non. Elle fait partie de la famille. Je veux qu'elle passe du temps avec nous. Elle est la bienvenue pour aussi longtemps qu'elle le voudra. Je paierai ses frais de scolarité. Je ne veux pas que tu t'inquiètes pour ça.

Je suis si touchée qu'il inclue ma sœur dans notre vie que je reste un instant sans voix. Finalement, je parviens à dire d'une voix rauque :

— Merci de comprendre, pour elle, mais tu n'as pas besoin de payer ses frais de scolarité. Elle est ma responsabilité.

— Elle fait partie de la famille, répète-t-il. Je prends soin de ma famille, et je vais faire de toi une partenaire pour le casino. Ce sera moi, toi, Emma et Jackson, et chacun aura son mot à dire sur la gestion du casino, chacun recevra une part des profits.

Ma mâchoire s'ouvre en grand.

— Tu as racheté une portion de leurs parts pour m'inclure ?

Ça a dû coûter cher.

— Je l'aurais fait, mais ils ont dit que ce n'était pas nécessaire. Ils comprennent, maintenant, à quel point c'est un travail difficile pour nous, et je leur ai expliqué tout ce que tu apportais sur la table. Ils sont heureux de pouvoir rester en arrière-plan, venant se produire occasionnellement, mais restant des investisseurs silencieux le reste du temps.

Je cligne des yeux.

— C'est trop.

Sa voix est comme du miel chaud, et je fonds, mes genoux vacillant.

— C'est mon cadeau de mariage, mon amour.

Je n'arrive pas à y croire. Moi, en partie propriétaire d'un casino ? Cela dépasse mes rêves les plus fous. Évidemment, parce que cela vient d'Adrian Rourke, l'homme qui surpasse tous mes rêves les plus fous.

— Est-ce que tu acceptes ? demande-t-il.

— Oui ! Évidemment que j'accepte ! Merci :

Je le serre très fort contre moi, avant de m'écarter pour lever les yeux vers lui.

— Je paierai les frais de scolarité de Chloé avec mes recettes du casino. C'est juste plus que… Adrian.

Ma voix se brise alors que je continue :

— J'ai envie de te donner un incroyable cadeau de mariage, moi aussi. Je vais devoir réfléchir à quelque chose de vraiment spécial.

— Tu l'as déjà fait, en acceptant de m'épouser et de vivre ici avec moi. C'est tout ce que j'ai toujours voulu.

— Il doit bien y avoir quelque chose. Quel est ton rêve le plus fou ?

Il caresse mes cheveux en arrière, les yeux rivés sur les miens.

— Cartes sur table ?

— Absolument.

— Je veux fonder une famille avec toi, quand tu seras prête.

Je hoche la tête, des larmes plein les yeux.

— C'est ce que je veux aussi, mais c'est un cadeau pour nous deux. Que veux-tu d'autre ?

Il m'adresse un sourire charmeur et incline la tête vers le lit.

— J'ai bien quelques idées.

— Tout ce que tu voudras.

Il émet un grognement dans mon oreille, avant de prendre la voix grave qui me donne des frissons brûlants :

— Non seulement tu es un rêve devenu réalité, mais tu es aussi sur le point de réaliser tous mes fantasmes.

ÉPILOGUE

Trois mois plus tard…

Adrian

C'est officiel ! Sara et moi sommes mariés. Nous sommes en chemin vers la salle de bal pour notre réception de mariage, après avoir pris un million de photos après la cérémonie. Nous sommes quelques jours après Noël. Nous ne voulions pas attendre trop longtemps pour nous marier, après avoir attendu tant d'années avant de nous retrouver. Nous voulions aussi qu'il ait lieu à une époque de l'année où nous savions qu'un grand nombre des membres de notre famille auraient des vacances et pourraient revenir à Villroy.

Elle a été d'une grande aide au casino dès le départ, exactement comme je m'y attendais. Au bout de deux mois, nous avons engagé quelqu'un pour s'occuper de l'ouverture et des contrôles de routine, tandis qu'elle et moi travaillions ensemble le soir. Je reste principalement dans mon bureau et Sara sur le terrain. Parfois, nous échangeons les rôles, mais c'est comme ça que les choses fonctionnent le mieux. Nous sommes tous les deux des oiseaux de nuit. Elle est plus douée pour gérer les gens, et je suis meilleur avec les chiffres et les stratégies globales. C'était probablement la meilleure décision, et la plus facile, que j'aie jamais prise. Je veux dire, mis à part celle de l'épouser.

Alors que nous approchons de la salle de bal, je m'attends à d'énormes acclamations et applaudissements, comme à la chapelle du palais juste après que nous nous sommes dit « je le veux », suivis par beaucoup de socialisation. J'ai besoin de la garder pour moi tout seul un peu plus longtemps. Je l'attire au coin d'un couloir et jusqu'à un passage discret.

— Où va-t-on ? demande-t-elle.

— Ici, dis-je, avant d'enrouler mes bras autour d'elle et de presser mes lèvres contre les siennes.

Elle jette ses bras autour de mon cou et m'embrasse passionnément. Une flamme s'allume entre nous, et soudain, je meurs d'envie d'en avoir plus. Je la cloue au mur, pressant mon corps contre le sien. *Ouiii.* Je dépose une traînée de baisers le long de sa mâchoire, jusqu'à son oreille, où je grogne de cette façon qui la rend brûlante et pleine de désir.

— À l'étage.

Elle me regarde dans les yeux.

— J'ai un cadeau de mariage pour toi.

— Tu as déjà fait encadrer les cartes de notre pacte, et tu l'as honoré. C'est le plus beau cadeau que tu aurais pu me faire.

Les cartes encadrées sont accrochées au mur juste au-dessus de notre lit, comme un rappel constant que notre amour était destiné à être. Nous le savions quand nous étions enfants.

Je l'embrasse à nouveau, exigeant plus. Elle fond contre moi de cette manière que j'adore.

Quelques instants plus tard, elle arrache sa bouche de la mienne, la respiration forte.

— Ade, écoute. J'ai envie de te le donner avant qu'on entre, d'accord ?

— Et moi je te veux, toi. Tu es si sexy dans cette robe. Ça a été une torture de ne pas te toucher.

Elle porte une robe sans manches – ses épaules sont dénudées et son décolleté me tente beaucoup.

— Tu te souviens quand on s'est laissé emporter au boulot ?

Je relève les yeux de son décolleté.

— J'adore quand on se laisse emporter.

— Adrian, mon mari, mon héros, tu peux désormais ajouter officiellement un titre à cette liste.

— Patron, je sais.

Elle rit.

— Et prince, requin et mâle alpha. C'est vrai que tu as beaucoup de titres, dit-elle d'un ton rayonnant. J'espère que tu aimeras celui-là encore plus que les autres – papa.

— Papa, répété-je.

— Oui. Je suis enceinte. Tu vas être papa. Est-ce que ton cadeau de mariage te plaît ?

Je la regarde, sous le choc.

— Tu es enceinte.

Ce n'est pas comme si nous n'avions pas utilisé de préservatif, sauf cette unique fois.

— C'est ce jour où je t'ai penchée au-dessus de mon bureau ?

— Chut, oui ! Tu te souviens qu'on s'est laissé emporter ?

Toutes les pièces se mettent finalement en place. Je vais fonder une famille avec Sara, ma femme, l'amour de ma vie. Je l'attire à moi et l'étreins, la faisant se retourner.

Elle rit.

— J'en déduis que tu apprécies ton cadeau de mariage.

— J'adore ! Je t'aime !

Je me penche et lui embrasse le ventre.

— Et je t'aime aussi, petit bébé.

Elle prend ma joue en coupe dans sa main.

— Tout est si parfait, à cet instant. J'aimerais pouvoir figer le temps.

— Moi aussi, soufflé-je, l'embrassant à nouveau tendrement. Je suis si heureux.

Nous nous sourions un long moment, partageant le bonheur parfait de nous lancer dans cette incroyable aventure du mariage et de la famille ensemble. Soudain, je réalise que tout est anormalement silencieux dans le palais.

J'incline la tête et écoute attentivement. C'est si étrange. Nous ne sommes pas loin de la salle de bal, alors pourquoi n'entends-je pas notre famille et nos amis ?

— Nous devrions probablement aller à la réception. Je parie qu'ils nous attendent pour commencer.

— OK, mais gardons la nouvelle du bébé pour nous. Il est encore tôt. Je viens de le découvrir il y a quelques jours.

— Ça va être si difficile de garder le secret.

— Tu peux le dire à une personne, juste une.

— Tu dis ça seulement pour pouvoir le dire à Chloé.

— C'est vrai, et ne choisis pas une pipelette.

— Je vais le dire à ma mère. Elle adore être grand-mère, alors elle te traitera comme un trésor tout du long.

— Marché conclu, répond-elle.

J'ouvre les portes de la salle de bal et lui fais signe de passer devant. Tout est toujours étrangement calme. J'entre, et découvre quelque chose que je n'aurais jamais cru voir…

Mes cousins de Brooklyn, tous les six, debout d'un côté de la salle de bal, dévisageant ma famille qui se trouve de l'autre côté. Six hommes dans la vingtaine et la trentaine, et je dois dire que, en smoking noir, comme mes frères, la ressemblance entre eux et frappante. Grands, les épaules larges, les cheveux brun noir, les pommettes anguleuses et la mâchoire carrée. Mon oncle et ma tante n'ont pas l'air d'être avec eux. J'imagine que c'est à la génération suivante de faire la paix.

— Oh, mon Dieu, ils sont vraiment venus, murmure Sara.

Nous les avons invités, après avoir reçu l'accord de ma famille, mais ils n'avaient pas répondu à l'invitation. Je ne les ai pas remarqués à la cérémonie. Silvia m'adresse un regard rayonnant. Je suis sûre qu'elle a quelque chose à voir avec cette réunion.

Le majordome annonce :

— Le Prince Adrian Rourke et la Princesse Sara Rourke.

Le sort est rompu, et tout le monde applaudit.

Sara rit.

— J'avais oublié que je serais une princesse. Embrasse-moi, pour que je sache que je ne rêve pas.

Je l'embrasse et lui mordille la lèvre inférieure. Elle se penche contre moi.

— Tu ne rêves pas.

Elle me prend la main et nous rejoignons notre famille, maintenant encore plus large avec mes cousins Rourke et notre bébé en route.

J'ai parié sur nous, et j'ai gagné le jackpot.

Ne manquez pas le prochain livre de la série, *Rogue Prince* !
Découvrez les cousins de Brooklyn, les Rourke un peu bruts
de décoffrage qui n'ont aucune intention de se caser. L'histoire de Dylan est la suivante. Il s'apprête à passer à l'action
avec sa meilleure ennemie de toujours et amante d'une nuit.

Dylan

Je suis le prince couronné de Villroy. J'aurais dû monter
sur le trône du roi, or mon père nous a tous fait exiler. Je
pourrais me plaindre, mais il avait de bonnes raisons. Maintenant, notre famille autrefois royale habite à Brooklyn et je
m'apprête à hériter d'un nouveau royaume : l'entreprise de
construction de mon oncle. C'est l'occasion de fonder mon
empire de l'immobilier et de faire quelque chose de ma vie.
Tout ce qu'il me faut, c'est une personne expérimentée pour
m'aider à passer à la vitesse supérieure. C'est alors que mon
ancienne petite voisine débarque, une vraie femme aujourd'-
hui, et elle a toute l'expérience professionnelle dont j'ai
besoin.

Dommage qu'Ariana Bianchi me déteste. Autrefois, je
pensais que ce n'était pas mérité (les retombées d'une vieille
querelle familiale), mais il y a eu cette fois-là...

Ariana

Je viens tout juste de divorcer et je retourne chez mes
parents le temps de remettre ma vie sur les rails. Mon nouvel
objectif, c'est d'avoir un bébé par l'intermédiaire d'une
banque de sperme. C'est la raison de mon divorce : il ne
voulait pas d'enfants. À trente et un ans, l'horloge tourne.
Ainsi, quand ce magnifique rustre, Dylan Rourke, vient
frapper à la porte de mes parents pour me proposer de
travailler pour sa société, j'y vois une occasion. Il attend
quelque chose de moi ? Ça tombe bien, parce que moi aussi,
j'attends quelque chose en retour.

Si seulement Dylan ne compliquait pas les choses...

Inscrivez-vous à ma newsletter afin de ne rater aucune de
mes nouvelles publications: Kyliegilmore.com/FRnewsletter

AUTRES LIVRES DE KYLIE GILMORE

La série du Club de Lecture Happy End

Hollywood incognito (Tome 1)

Au-devant des ennuis (Tome 2)

Même pas cap (Tome 3)

Entente formelle (Tome 4)

Erreur sur le bad boy (Tome 5)

Joue avec moi (Tome 6)

Résister au destin (Tome 7)

Une chance de romance (Tome 8)

Un séducteur diabolique (Tome 9)

Un plan désagréable (Tome 10)

Un mariage Happy End (Tome 11)

La série Rourkes

Royal Catch - Version française (Tome 1)

Royal Hottie - Version française (Tome 2)

Royal Darling - Version française (Tome 3)

Royal Charmer - Version française (Tome 4)

Royal Player - Version française (Tome 5)

Royal Shark - Version française (Tome 6)

Rogue Prince - Version française (Tome 7)

Rogue Gentleman - Version française (Tome 8)

Rogue Rascal - Version française (Tome 9)

Rogue Angel - Version française (Tome 10)

Rogue Devil - Version française (Tome 11)

Rogue Beast - Version française (Tome 12)

AU SUJET DE L'AUTEUR

Kylie Gilmore est auteur de best-sellers sur la liste de USA Today tels que la série du Club de Lecture Happy End, la série Rourkes, la série Clover Park et la série Clover Park STUDS. Elle écrit des romances comiques qui vous feront rire, vous feront pleurer et vous donneront un coup de chaud.

Kylie vit à New York avec sa famille, ses deux chats et un chien complètement fou. Quand elle n'est pas en train d'écrire, de courir après ses enfants ou de prendre des notes lors de conférences sur l'écriture, vous la trouverez sur la pointe des pieds, cherchant à atteindre sa cachette secrète de chocolat tout en haut du placard.

Cliquez ici pour vous inscrire à la newsletter de Kylie afin de recevoir des informations concernant les sorties de nouveaux livres, les promotions et les cadeaux réservés aux abonnés. https://www.kyliegilmore.com/FRnewsletter

Pour d'autres bonus sympas, allez voir le site de Kylie https://www.kyliegilmore.com.